遠き島の時空

島石浩司

ボーダーインク

目次

［序］龍神

人類の文明による化石燃料の大量消費と森林の消失は、大気中の二酸化炭素の増加と気温上昇をもたらし、地球の自然環境を着実に悪化させていた。そして、高緯度地域の氷河氷床が消え去ったある時期を境に、まるでアイスコーヒーの氷が溶けてしまったかのように、大気温度は急激に上昇しはじめ、人類にそれを止める手段はなかった。空気は呼吸に堪えない酸素不足の熱気となり、動物はあえぎ苦しみ、鳥たちは姿を消した。

気温上昇による気候変動と大規模な自然災害は、深刻な食料危機をもたらし、海面上昇は、多くの島と陸地を海中に沈め、領土領海をめぐる度重なる紛争をもたらした。民族・国家間の核戦争が頻発し、人類と環境に壊滅的な被害を与えつづけた。大地は放射能で汚染された沼地に、空気は有害な毒気と化し、地上に生きるほとんどすべての動物の生命を継続不能にした。

それでも人間たちは暫くの間、狭くなった陸地で酸素タンクを背負って食糧を作り、飢餓と疫病の中で生き延びていた。しかしやがて、自らの存続を諦めたかのように、地上から消え去っていった。

残された地表には、高温と二酸化炭素の増加に対応した赤い色の植物だけが繁茂し、小さな爬虫類と、昆虫と、もっと原始的な生物だけが生き残った。そして、地球のほとんどは灰色の海に覆われていた。

☆―　☆―　☆―　☆―　☆―　☆―　☆―　☆―　☆―　☆―　☆―

灰色の海の中を、巨大な龍がゆっくりと進んでいく。
獰猛な牙をもつ大きな魚や海生動物たちは龍に驚いて道を譲り、
小さな魚たちの群れは龍に付いて行こうと沸き立っている。
悠々と進んでいく龍の前方に、海に沈んだ人間の街の廃墟が広がっている。
赤い藻に覆われ崩れかかった四角い建物が広がる海中を、龍はゆっくりと一回りした。
それから速度を上げて、海面へと昇って行き、そのまま空中へと飛び上がった。
灰色の海面には霧のような白い空気が流れ、その上空を龍は飛び続ける。
長い時間飛び続けた龍は、小さな陸地を見つけ、そこへ降りていった。
陸地には赤い色の植物が生い茂り、龍の目に見えるような大きな生き物はいない。
その陸地にしばらく留まっていた龍は、再び勢いよく飛び上がり、
今度は、霞んだ太陽に向かって垂直に昇り始めた。

龍は雲を通り抜け、高く高く上昇を続け、薄暗い大気圏外に飛び出した。
さらに、眼下に広がる灰色の地球を離れ、太陽に向かって飛び続け、
太陽と地球が同じ大きさに見える空間で、龍はようやく停止した。
そして、体を丸めて縦方向に回転をはじめた。
龍の目には、太陽と地球が交互に昇ってくるのが見える。
回転は徐々に速度を増し、やがて龍の体は見えなくなり、
やがて輝く球体となって、あたりに強い光を放ちはじめた。
―☆　―☆　―☆　―☆　―☆　―☆　―☆　―☆　―☆　―☆
それからしばらくして、龍の回転は徐々に遅くなり、停止した。
そして龍は、地球の方向へ頭を向けて、再び飛行を始めた。
前方に見える地球は、さっきまでの灰色ではなく、青く輝いている。
紺色の海と緑色の陸地と白い雲が流れる地球が、大きく近づいてくる。
大気圏に入ると、龍は踊るように体を揺らして、地球の周りを回りはじめた。
龍の体から、無数のキラキラした光が地球に降り注いでいる。

しばらくして、龍は白い雲の中へと降りて行き、
雲を通り抜けて、小さな緑の島の上空へ近づいていった。
島には四角い建物が広がる街があり、そこに車や人間がうごめいているのが見える。
にぎやかな街の上空を、体を揺らしながらゆっくりと一回りした龍は、
大きな目玉をギョロリと動かし、その街の一角にある小さな石に向けて、
その金色のひげからキラキラした光を、ほんの少しだけ振り下ろした。

［1］昭和六十二年

夏休みが来ると思い出す事がある。私が東京から夏休みを利用して沖縄に旅行に出かけたのは、ちょうどバブル景気が始まった頃の昭和六十二年、私が大学を卒業し高校の教員になって、二年目の夏だった。

その頃、私の教師としての仕事は完全に行き詰まっていた。「校内暴力」などという言葉も出始めるなか、いろいろな事件が毎日のように起こっていた。私の場合、特に担任のクラスの状態が最悪だった。そして、生徒とのコミュニケーションをとる事が苦手な私は、問題を解決できない「欠陥教師」の烙印を押されていた。そもそも、教科指導より生活指導が急務とされているこの職場は、自分が必要とされる場所なのかに疑問を感じ、教師を続けるかどうかを迷っていた。

学校の騒動が夢にまで出てくる。ついに登校拒否の症状が出て、期末テストが終わった夏休み前から仮病を使い、約一週間欠勤し、そのまま夏休みになった。その頃は「うつ病」などという病名は知られておらず、欠勤の理由は風邪による体調不良という事にしていた。病人が外をうろつく訳《わけ》にもいかず、(運の悪いことに勤務先の高校は二駅先にある)

訪ねてくる友人もいない。家にこもって、パソコンと本とテレビとカップ麺の日々を送っていた。が、ある日ついに、ひとり暮らしの家で過ごす孤独な夏休みに耐えられなくなり、とりあえず遠くに行こうと思いついた。そこで、慎重な性格の私は、久しぶりに沖縄に行って、知り合いのいない所で、今後の事をゆっくり考えてみようと決意した。私の家は母子家庭だったが、母はその前年に癌で亡くなっていた。亡くなった母は沖縄の出身で、私も小さい頃沖縄の祖母に育てられた。その祖母もかなり以前に亡くなっていたので、沖縄には遠い親戚しかいない。

その日私は、日頃は着ない派手なピンクの半袖シャツとサングラスという格好に変装し、人の気配のない薄暗い早朝に家を出て電車に乗り、羽田空港に向かった。空港で右往左往する、同じく派手な服装をしたおおぜいの観光客にまぎれて沖縄行きの便に搭乗する。飛行機は滑走路を力強く飛び立ち、東京の街の上空に達した後、東京湾を離れ、青黒い海の上を延々と飛び続けた。揺れる事もなく約3時間で、ひときわ晴れ渡った沖縄上空に到着し、乗客の女性達の「うわーー、きれい！」という声の中、飛行機は珊瑚礁の見える輝く青い海の上をひと回りして、小さな那覇空港に無事着陸した。

空港を出てバスに乗り、行きついた那覇の国際通りは、雲がほとんどない青空の下、強烈な日差しとおおぜいの観光客と音楽と騒音であふれていた。とりあえず、冷房の効いた喫茶店で落ち着くことにする。通りの見える席でアイスコーヒーを飲みながら、東京で買った理系の本をカバーつきのままで読んでいると、すぐに関西弁の団体観光客が入ってきて、近くの席で大騒ぎをはじめる。観光地の喫茶店は観光客のためにある。読書をするためにある訳ではない。慎重な性格の私は、早々にあきらめて、喫茶店を出ることにした。

車と熱気であふれた国際通りを早足で歩き、日差しを避けて、多少は涼しいアーケードのある平和通りに入る。通りの入り口付近に並ぶ積極的な呼び込み店員たち（多分地元の人ではない）をかわして、通りの奥の呼び込み店員のいない静かな土産物屋に入る。確かに沖縄の人だという顔をした店員のおばさんに、ハブ酒を勧められて試飲する。大きな泡盛の瓶の中でハブが口を開けているのを見ながら、小さなコップに入ったハブ酒を一気に飲んだ。

店員のおばさんに「にーさん、ハバぐゎーだね」と言われる。私はたいていのウチナーグチ（沖縄口）は理解できるが、これは意味が解らなかったので、「どういう意味？」と聞いた。「カッコ良いという事さー」「ハブカクジャー（ハブのようにエラが張っている）とは言われるけどね」とウチナーグチを使いたい私は、ハブにかけたうまい冗談だと思って、そう言ったのだが、「にいさんウチナーｰ？」と店員のおばさんを微妙な空気にさせてしまう。「お土産なら、このスパムと黒糖のセットがお勧めですよ」と言われたが、「帰りに買いにくるよ」と言って、ぎこちなく土産物屋を出た。

平和通りの奥には、東京とは違って、庶民的な店が並んでいる。パイナップルジュースの店、天ぷらとサーターアンダギーの店、輸入食品店、アロハシャツの店、米軍放出の服を売る店、沖縄料理の店、沖縄の着物の店、シーサーを売る店、三線《サンシン》の店、海賊版音楽カセットを売る店（ここで中島みゆきと因幡晃のテープを買った）、ぬーやるバーガーの店・・・ハブ酒が効いてきてフワフワする中、ひととおり見物したあと、昼時になり食堂を覗くが、どこも観光客でほぼ満員なので結局、国際通りのMで、ハンバーガーを持ち帰りすることにした。東京ではありえない程きれいな女性店員がつり銭を渡すとき、オレの手を優しく握ってくれる！「これは惚れられたか」と思ったが、女性店員たちが来ている客みんなの手を優しく握っているのを見て、「そうだろうな、やっぱりな・・・」とガックリして店を出る。

ひと休みしようと、国際通りの裏手に行き、ほとんど人がいない公園に入って、木陰に並んでいる石のひとつに腰をかけた。ハンバーガーを食っていると、うろついていた黒と茶のブチの猫がニャーニャー鳴きながら寄って来る。肉を少し投げてやったら、「ワウワウ、ワウワウ」とガチマヤー（ガチは食いしんぼ、マヤーは猫の意味）をする。もう一度食べ残した肉を投げてやる。猫は、やはりガチマヤーをして、食べ終わり、もう無いのかと、しばらく付きまとってから、冷たく去っていく。猫も食い物が貰えないとなると、近寄って来ない。セミがジージー鳴いている。日差しが強い。風が無い。暑い。

そもそも人付き合いの苦手な私が、こんな観光地に来るのがおかしいと反省し、しかし、去年亡くなった母親は、いろいろと心配をかけてきたが二十六才でやっと高校の教師になった時、「これで最低でも教員で生活していける。少しは金を入れるよ」と言ったら、「良かったねー、これで安心した」と入院先の病室でかなり喜んでいたのに、今更「教師を辞める」などと聞いたら、これは怒るだろうな。・・・人付き合いが苦手な私が出来る仕事は何か？　いや、どんな仕事も人に愛想を振りまかないと続かないだろう。トラックの運転手も、パソコンの仕事もそうだろう。やはり塾の仕事でも探してみるか。塾の講師なら数学を教えていれば良いから、自分には向いている。・・・にしても、東京には知り合いがいるから御免だ。沖縄で塾の仕事ができないだろうか？　さてどうするか・・・などと考え、とぅるばって（ぼんやりして）いた。

そのとき突然、何かキラキラする光が目の前に見え始めた。三角や四角の細かい幾何学模様に見えるその光は急速に増え、あたりの景色がだんだん霞んでくる。「なんだ？　暑さで脳梗塞か脳溢血にでもなったか？」と驚いていているうちに、あたりが全く見えなくなった。

—☆　—☆　—☆　—☆　—☆　—☆　—☆　—☆　—☆　—☆　—☆

[2] 昭和十四年

それからしばらくして、キラキラした光は薄れていった。そして、次に見えてきたのは、公園ではなく、何か全く違う場所だった。さっき迄《まで》と同じような石の上に座っているが、森が近くにあり、あたりは畑が広がり、木造の小屋が点在している。座っている石の横には、花と水と線香の燃えかすがある。何かを祀ってある場所らしい。

立ち上がって考えたが、どうして、那覇の国際通り近くの公園から、こんな辺鄙な所に来ているのか見当もつかない。ここは何処なのか、どうしてこんな田舎に来ているのか？ひょっとして強盗かなにかに頭でも殴られて、気を失っていた間に連れてこられたのか？しかし、身体のどこにもケガはなく、鞄も財布も盗られてはいない。どうなってるんだ？あたりを見回して考えても結論が出ず、立ち上がってとりあえず人通りがありそうな方向へ歩いて行く事にした。

最初に出会ったのは、縦縞の着物を着て髷《まげ》を結っている妙な老人だった。老人が何か驚いた様子で近づいてきたが、私は面倒な事にはかかわらない慎重な性格なので、一礼して通り過ぎた。なにかの畑と沖縄っぽい赤瓦石垣の家々を過ぎて、川に架かった石橋を渡り、通りに出たが、道路が舗装されていない。車が通らない。馬車が通る！　これが日本かと思うぐらい貧弱な木造の建物が並んでいる。大人も子どもも戦前のような地味な服装をしている。子ども達は、丸坊主・おかっぱ頭。

大通りには馬車、人力車、ボンネット型の小さなバスが往来している。信号のない大通りを渡った市場らしき所には、たくさんの大きな日よけの傘が立っていて、その下で短い着物を着て大きな髷を結った色黒の女性たちが商品を売り買いしている。地面にゴザを敷いて座って、物を売っている店もある。頭の上に芋や魚を詰め込んだザルを乗せて歩いているおばさん達もいる。

なぜだ、本土復帰して二十年近くになるはずだが、沖縄にはまだ戦前のように貧困な地域が残っているのか？　しかし、テレビでこんな光景は見たことがない。本土からの観光客としてはよくあるはずのサングラス、ピンクの半袖シャツ姿の私を、みんなが珍しそうに見ている。場違いで浮いている。「にーさん、ハワイから？」とおばさん達が声をかけてくる。これはまずい。すぐにサングラスは外すことにした。

ここで慎重な性格の私は考えた・・・。もしこれが「沖縄観光客向けのドッキリ撮影」なら、それにひっかかって大騒ぎしては、仕掛けたテレビ局かなんかの思うツボだろう。テレビ中継で全国的に恥をさらす事になる。しかし、これほど大規模にやるものだろうか？

しかも、どこにもTVカメラは見当たらない。そんな筈《はず》はないが、もしこれが本物の「タイムスリップ」だったら、こんな目立つ格好をして歩き回っていてはまずい筈だ。通りを歩いて新聞屋を見つけた。置いてある小さな新聞（横文字が右から左に書いてある！）の日付を見ると、なんと、「昭和十四年七月二十七日」と書いてある！「支那の民心を把握し、共に新東亜建設へ」とかいう記事もある。

ここで慎重な性格の私は考えた・・・。

これは本物の「戦前へのタイムスリップ」なのかもしれない。それならば真剣に付き合ってやろうかと考えた。財布から新聞代を出そうとしたが、持っている金は、この時代では使えないのに気づいて、あやうく出すのをやめた。そこで、不審そうに私を見ている新聞屋の店員に「質屋はどこかにあるか」と聞いてみる。

「質屋なら那覇キネマという映画館の近くにありますね」と店員が答える。教えてもらった道を、ピンクのシャツが珍しいせいか、みんなに注目されながら足早に歩いて、やっと、映画館の近くにある質屋に到着した。とりあえず、腕時計を質に入れて、この時代の金を手に入れる事にする。この腕時計は母親が、「おじいさんが大事にしていた幸運の腕時計だよ。たいせつにするんだよ」と言って、くれた物だ。戦前の銀製の腕時計で気に入って使っている。質屋の主人に「旅行中に財布を落としたらしい。困っている。この時計は東京で買ったものだ」と言ったら、白い髭の人物が描いてある「壱円札」を10枚出した。どれくらいの金額なのかわからない。

質屋の近くの洋服屋で、白い半袖シャツ（一円八十銭）を買う。ピンクのシャツに驚いた店員からまたもや「ハワイからお帰りですか？」と聞かれ、モゴモゴ言いながら壱円札を2枚出した。つりは十銭のアルミ貨幣2枚だった。それからすぐに建物の間から路地に入り、人のいない場所ですばやく服を着替え、ピンクのシャツを鞄にしまった。もともと髪型は短い、ズボンも鞄も靴も地味な安物なので、あとはこのままで良いだろう。

何か知らない大きな木の下のうねった根の上に座って、慎重な性格のオレは考えた。これは幻覚ではない。あの街並み、人々、新聞、そしてこの白い髭の人物が描いてある「壱円札」、これは確かに「戦前へのタイムスリップ」。とすると、この時代は不審な行動をすると警官に職質されて、身元が不明ならば、兵役拒否とか疑われて刑務所行きではないか。街中をうろつかないほうが身のためだろう。ホームレスなどはありえない。そこで、とりあえず適当な宿屋を見つけて泊まることにした。港近くの宿屋が、本土からの客の宿としては自然だろうと、港に向かって歩いていく事にした。

路地から通りに出て、那覇港に向かって歩いて行く。さっきとは違って、白い半袖シャツ姿の私を珍しそうに見る者はいないようだった。そういえば、私は昔から母親似で、「沖縄顔」だといわれている。それはこの場合、ラッキーなんだろうと納得し、ときどき那覇港はこっちの方かと聞きながら、落ち着いて歩いて行く。馬車や人力車が行き交う電柱の並ぶ大通りを歩き、運河に架かった石橋を渡る。その辺りには食堂、飲み屋などが並んでいる。路地の奥に、沖縄風のゆったりした髪型ときれいな着物の女性（遊女？）が、見える。船の煙突から煙の上がるのを目印に、乾いた土の通りを歩いて行くと、やっと桟橋のある港に出た。コバルト色のきれいな海だ。二艘の大きな船は荷物運搬船らしい。馬が引いて来たリヤカーから人足たちが袋を下ろし、船の横に大量に並べている。小さな漁船、帆掛け舟が十数隻浮かんでいる。

私は本土から来た旅行中の観光客という体《てい》で、白塗りの木造の大きな船乗り場に入り、白い制服の船員たちがいる渡航受付らしい所で、本土行きの日時と料金を確認した。次の本土行きの客船は八日後、大阪行きと掲示板に書かれている。最低料金二十五円！　絶望を感じながら平静を装って手帳に書き留めた。外に出て、その辺の安そうな旅館を探すことにする。結局、港から少し離れた、「昭和旅館」という地味な宿に泊まることにした。それでも宿代は一円五十銭もする。

旅館の夕食に出てきたのは、米の飯ではなく、豆や雑穀の入った飯だった。女中が言うには、前年から政府の食糧統制で一汁一菜になっているそうだ。豆腐のみそ汁と焼き魚の粗末な夕食を食って、風呂に入り、寝床に座って考えた。

・・そもそも、なぜタイムスリップしたのか？　どうしたら、もとの時代に帰れるのか？ここから船に乗って東京に帰ったとしても、この時代の東京には、自分の家も知り合いも職場もない。どうしようもない。それ以前に、船に乗るにしても金がない。持っているのは、この時代の金の六円七十銭、使えない現代の金約九万円と預金通帳、本三冊、手帳、ボールペン、ピンクのシャツ、サングラス、中島みゆきと因幡晃のカセットテープ・・。どれも金に換えられそうにない。

もし、明日以降もこの生活が続くなら、ホームレスでも不審に思われない場所を探して、いまの所持金六円七十銭を節約して、できるだけ細々と食いつなぐ。出来れば、何か仕事を見つけて働く。この時代は成人男子の多くが兵隊に取られているはずだから、肉体労働なら仕事はあるはずだ。「本土から来たが、財布を落として困っている。しばらく働かせてくれないか？」と頼んだら、仕事が見つかるかも知れない。もし、身元戸籍不明で警察に通報されたら「実は記憶喪失で自分は何者なのか自分でも分からない」と言う。まず病院行きだろうが、そのうち兵隊にとられて、中国や南洋に送られて戦死する可能性が高くなる。あるいは、開き直って「昭和六十二年の未来から来た」と本当の事を言う。これも病院か警察行きだろうが、ひょっとすると、誰かに理解してもらって、未来の日本について伝えることが出来るかも知れない。しかし、これには思想犯で刑務所送り、拷問されて獄中死という可能性も大いにある。

いろいろ考えたが結局とにかく明日、タイムスリップしたあの石のある場所にもう一度行ってみようという結論に達した。もとの時代に戻れるかどうかは不明だが、とりあえず、それ以外に行くところが考えつかない。

［3］牧志のウガンジュ

翌朝、旅館のみそ汁と漬物だけの朝食の、雑穀の入った飯を三杯おかわりして食いだめし、旅館を出て、あの石の場所に向かった。官公庁へ出勤するらしき白い半袖シャツとパナマ帽姿の勤め人達や、近くに女学校があるらしく、昔風の制服を着た女学生達とすれ違う。途中、求人の張り紙を探しつつ歩くが見つからない。ボンネット型の小さなバスが数台、かなりの数の馬車、人力車が行き交う埃だらけの大通りを歩き、大きな日傘が並んだ市場の先を左に曲がり、川に架かった石橋を渡って、あのタイムスリップした石のある場所に向かっていく。

畑の中の道を通って、例の石の前に到着すると、そこには新しい花と小さな茶碗に入った水と、火のついた線香があった。近づいて石の上に座ってみる。・・・しばらくたっても何の変化も無い。時おり人が通り、こちらを見て首を傾げている。これはまずい。いよいよこれで、ホームレスをするか、力仕事のアルバイトでも探す他はないのか・・・と慎重な性格の私は三十分ほど冷静に考えこんだ。石のある場所は周りの畑より少し盛り上がった草地で、太陽の位置をみて判断すると、北東側は小高い森になっている。昨日はここを右手（南）へ行って大通りと市場があったので、今度は左手（西）の細い道へ行ってみようと歩き始める。

歩いて行くと、細い道のまわりは畑と小さな家が続き、しばらくすると、黄色い花を咲かせている木々が並ぶ川沿いの道になった。風に吹かれて花びらが落ちてくる。時折畑の中で見かける人たちは、大人も子どもも忙しそうに働いている。さすがに「何か仕事無いですか?」という声はかけにくい。しばらく歩いて行くが、ずっと向こうまで見渡す限り、二期作の田んぼや砂糖きび等の畑が続き、小さな茅葺きの家が点在するだけで。大きな建物は無い。

遠くに海が見えてきた所であきらめて、道を引き返すことにした。例の石のところへ戻って、そこから今日泊まった旅館のある港の付近に行って、仕事を探してみる事にする。

川沿いの道を戻り細い道を抜けて例の石のある場所に近づくと、誰かいるようだ。昨日ここで最初に見た、あの髷を結った爺さんと、もうひとりは婆さんらしい。なにやら拝んでいるらしく「ウートートー」している。石の前に線香をあげ重箱が置いてある。東京でも、小さい頃「シーミー」と言って、家族で（その頃は父親もいた）、東京湾に残された小さな浜辺に行って、重箱を広げて線香をあげ、手を合わせた事がある。先祖や海で亡くなった人を拝んでいたらしい事は知っている。遠くから見ていると、婆さんが私に気付いたらしく、爺さんに伝え、爺さんはこちらを向いて、「ウートートー」をし始める。気味が悪いので知らんふりをして、別の方向へ歩いて行くが、爺さんが追いかけてきて「神様！」と、私を呼び止めた。

爺さんの話を聞くと、昨日爺さんが石の近くを歩いていると、何かキラキラしたものが空から降りて来て、誰もいない所にキラキラが集まって、石の上に座っている私が現れたんだそうだ。「神様どうか召し上がってください」と言われ、しかたなく石の前に座って、重箱の芋や人参の煮付けを「カメーカメー」攻撃されることになった。婆さんは、愛想笑いをしながら「マーンカラメンソーチャガ（どちらからおいでになりましたか）」と聞く。これくらいのウチナーグチは聞き取れるが、話せはしないので、「東京から旅行で来ました」と答える。「どこにお泊まりですか？」と爺さんが聞く。「那覇港近くの旅館です」「それなら是非うちへおいでください」と言われて、慎重な性格の私としては迷ったが、お婆さんも「是非どうぞ」と言うし、金もないので、いつまでも旅館に泊まるわけにもいかない。この時代の人と、何らかのコミュニケーションをとらないとまずいと判断して、大胆にも、ついて行く事にした。

爺さんは、与那原善行《よなばるぜんこう》という名前で、石垣に囲まれた赤瓦の屋根の大きな家に住んでいた。庭は畑になっている。天皇陛下の写真の飾ってある、広い縁側のついた立派な客間(一番座)に案内され、上座へどうぞと言われたが、遠慮して上座をはずして座った。出された茶を飲む前に、ここはきちんと挨拶すべきだと考え、自分は斎藤修平という者で、東京で教師をしている事、夏休みを利用して沖縄へ旅行に来た事。母親が沖縄出身で旧姓は島袋、遠縁の親類が名護にいるはずだ等の話をした。

善行氏は、「なるほど、東京からご旅行に来られた先生でしたか」と言った後、またも畏《かしこ》まって、改めて、私が石の上に現れたときの事を語り、私が「何かの見間違いではないですか」と言うと、「あの場所は、牧志の拝所《ウガンジュ》と言って、昔から、神人《カミンチュ》が現れる所と言われていて、近くに来られた旅の方はお世話しなさいという言い伝えが有ります。これも何かのご縁、是非、この家にご逗留ください」と言う。善行氏は明治二年の生まれ六十八歳、与那原家は三男三女で、同居はしていないが、孫、ひ孫も含めると二十人以上の大家族、長男は東京で商売をしている。次男は市役所に勤めている。兵役検査で甲種合格の三男は満州に出征中だという。

しばらくすると、善行氏が呼びにやらせたらしく、善行氏よりも年上のやはり髷《まげ》を結った黒い絣の着物姿の三人の爺さんが次々とやって来た。全員白いあご髭を長く伸ばしている。爺さん達の名字は、ヒガオンナ、ヒヤゴン、ナカンダカリという、どういう字を書くのかは不明だが三字だそうだ。「三字士族」と言って、沖縄では名字が三字の家は士族と決まっているそうだ。みんなその昔、琉球王府に仕えた役人の家柄で、明治十二年の琉球処分で琉球王が首里城から退去させられ東京に連れ去られた後、多くの士族は大和政府に勤める事を断り、逮捕、拷問されても官職を辞退し、今に至っているという。三人の爺さんは、茶を飲みながら、こういう話をはじめた。

与那原善行氏の言うとおり、牧志のウガンジュには、昔から不思議なことがおこる。言い伝えでは龍神の使いの神人《カミンチュ》が、旅人の姿を借りて現れる事になっている。現に四十年ほど前、日清戦争の頃（そのころ爺さん達は、清国の黄色軍艦が琉球にやって来る事、清が日本を追い払う事を願っていたという。こういう人達を「頑固党」と言い、廃藩置県で職をなくした首里の元士族達が多かったという）、ウガンジュから、見た事のない軍服を着た兵隊が出てきた。実際にキラキラした光を見たという者もいた。清の兵隊かと思ったら、その兵隊は日本語を話し、「ここは何処なんだ！」と叫び、人々に銃を向けた。が、警察に逮捕されて連れて行かれた。その後どうなったかは分からない。

第一次大戦のころだったと思うが、二十年ほど前にも、ウガンジュの辺りに男がいた。その男は外国の映画に出てくるような服装でネクタイもしていたという。「旅行中で財布を落として困っている」と言うので、爺さん達のひとりの家でしばらくお泊りいただいたという。その男は数ヵ月後、馬車引きの仕事に就いたという事で挨拶に来た。それ以前にも、それに似た話が幾つも伝わっていて、昔、ウガンジュに見知らぬ女が現れたのだが、村人がその女をお世話をしなかった祟りで、その後長い間雨が降らなくなり、作物が実らず飢饉になったとかいう言い伝えもある。とか、

「そういう事で、ウガンジュの近くで見知らぬ旅の人を見つけたら、その人は何かの役目があるカミンチュなので、大切にお迎えしなさいという事になっている。あなたは、一見ふつうの人のようだが、我々としてはカミンチュとしてお迎えしたい。ご迷惑かもしれないが、どうか、ゆっくりと滞在してもらいたい」と、ヒガオンナ氏が厳粛に語った。「では、しばらくお世話になります。よろしくお願いします」と、私は恐縮しながら言った。それを聞いて満足げな善行氏は「いま孫を呼びにやっています、ディキランヌー（勉強ができない者という意味）で、少しご教示願いたいのですが・・・」と言う。

しばらくして中学生くらいの丸坊主の少年が、お婆さんと一緒に「失礼します」とやって来た。少年は、満州に出征中の三男の長男で忠幸という名前で、「二中」（中学校？）に通っているという。「この方は東京の偉い先生だ。どう勉強したら賢くなるか、教えていただきなさい」少年が「先生は何の教科を教えて居られるんですか」と聞くから「数学だよ」と答える。すると少年は「数学が苦手で、教えてほしい」という。こうして、私はそ

の日から与那原家の厄介になり、このドングリ眼の愛想の良い少年やその同級生たちに、数学などの教科を教える事になった。

その夜、外の方が月で明るい、一番座の暗い蚊帳の中で考えた。爺さんたちの話によると、あのウガンジュには昔からタイムスリップした「龍神の使い」が現れていたらしい。「龍神の使い」？　・・・だとしたら、龍神は私に何をさせようとしているのだろう？

[4] 数字とガチマヤー

こうして私は与那原家にやっかいになり、一番座に寝泊まりして、毎朝毎晩、お婆さんのつくる朝食夕食を恐縮しつつ、いただくことになった。食事はだいたい雑穀の入った飯・味噌汁・野菜の煮つけ等の一汁一菜だが、これでも私に気遣って、いつもより良い食事なんだろうと思った。後で聞くと、この頃の沖縄の一般家庭の食事は、ウムニーという芋を煮たものと芋の葉（カンダバー）の味噌汁で、弁当も芋、一日三食すべて芋という家も普通だったらしい。

お婆さんはカマド（つまり台所の火を使う場所）という名前で、沖縄では女性につける普通の名前だったそうだ。カマドさんは、手指に刺青をしていて、「これはハジチと言って、ヤマトゥーに連れて行かれないように、若いころに墨を入れられたんだよ、チュラカーギーだったからさ」と言って笑う。「本当におまえはチュラカーギーだったさー。・・・今もそうだけど」と善行氏が言う。「そうだよー、ほかにも貰い手がたくさんあったさー。ユタがここが良いって言うから来たんだよー」こういうのろけ話をたくさん聞かされる。

与那原家には中学生くらいの女の子が家事手伝いに来ている。サチ子という名前で、カマドさんの知り合いの人の子どもらしい。この頃沖縄では、尋常小学校から中学・師範学校に進学できる男子は三割程度、女学校に進学できる女子はもっと限られていたので、尋常小学校を卒業した女子が女中か女工で働くのは普通だったらしい。毎朝、家から通って来て、水汲みや掃除洗濯、畑仕事の手伝いをしている。来年は本土に働きに出る事になっているらしい。忠幸君とは顔見知りらしく、ときどきケンカとも、じゃれあいともとれる会話をしている。善行さんとカマドさんは、それを面白そうに笑って見ている。

塾で教える生徒は、初日は忠幸君ひとりだったが、翌日以降、忠幸君が「友達連れて来て良いですか?」を連発し、私も「いいとも!」と答えたので、二中の生徒がどんどん増えていき、最後には、十五人ほどの中学生を教える事になった。「二中」の正式名称は沖縄県立第二中学校で、十二歳から十六歳までの旧制中学だ。朝のうちに、二中の生徒たちに、数学の代数・幾何を教える。これは大学時代に長い間、家庭教師や塾の講師のバイトをしていたので、私の得意分野だ。

数学には、直線上の１次元の数学、平面上の２次元の数学、空間中の３次元の数学があり、それぞれ、数を扱う「代数」の分野と、図形を扱う「幾何」の分野がある。

１次元の数学（x）	→２次元の数学（x,y）	→３次元の数学（x,y,z）
自然数～実数	複素数，２元ベクトル	３元ベクトル
方程式 f(x)=0, 数列, 演算	関数 y=f(x) ,f(x,y) =0	関数 z=f(x,y) ,f(x,y,z)=0
↑代数	↑代数	↑代数
↓幾何	↓幾何	↓幾何
直線上の線分・長さ	平面上のｎ角形・面積	空間中のｎ面体・体積
点	曲線（円・放物線・双曲線）	曲面（球・放物面・双曲面）

少人数のときは頭をつき合わせて、ノートに書き込みながら説明していたが、大人数になり、黒板も無いので、ノートを切り離して一枚ずつ要点や解法を書き込んで、生徒の中心に置いて、棒で指し示しながら説明したり、生徒達に書き写させたりする。これは普段使っているルーズリーフのノートを思い出したやり方だ。ノートを切り離すのが、生徒には珍しかったらしい。突然のタイムスリップだったが、数学教師として必携の公式集を持ってきていたのは助かった。生徒のいない時に参照してノートに書き込んで、確認する事が出来た。この時代には、ベクトルや行列や確率は教えていないらしい。

ある日、勉強の終わりに、いつも一言多い忠幸少年が聞いてきた。

「先生はカミンチュなんですか？　オジーが、先生はウガンジュに現れたカミンチュだと言ってました」

「そうだな、カミンチュかもしれないな。ウガンジュでとぅるばっていたら、なにか神様の声を聞いた気がした」

「何を言ってたんですか神様は？」

「ここら辺にガチマヤーのディキランヌーがたくさん居るから、教えてあげなさいという声が聞こえた」

「先生、僕はディキランヌーですが、ガチマヤーではありません」

「いや、ヤーはガチマヤーだ」

「いやいや、僕がガチマヤーのディキランヌーだ」

「えっ、ヤーはディキランヌーだったのか？」

「先生、僕が本物のガチマヤーです」

「先生もガチマヤーではないんですか？」

楽しい。思わず調子に乗って「ワウワウ、ワウワウ」とガチマヤーのまねをしてしまう。

生徒達の大爆笑を取ったが、この後、「カミンチュ先生」と「ガチマヤー先生」の両方のあだ名が出来てしまった。そして私は「私も君達もガチマヤーだが、ディキランヌーではない。しっかり勉強したら、きっとガチマヤーのディキヤーになれるはずだ」と断言することにした。

そこで、このガチマヤーの中学生たちが、卒業してからどんな進路を考えているのか聞いてみた。師範学校や帝大に行きたいという者もいたが、忠幸少年を含めた数人が「予科練に行きたい」と言う。予科練というのは、海軍飛行予科練習生の略で、この時代は旧制中学校四学年一学期修了以上の志願者から甲種飛行予科練習生を選抜して、航空兵を訓練するらしい。私は、「予科練も良いが、これからの時代、理系の勉強も大切だ。飛行機や潜水艦などの新型兵器を研究することも、日本国民として大切な義務ではないか?」と言って、出来れば理系の大学に行くことを勧めた。これは「理系」ならたしか学徒出陣がなかったと記憶しているからだ。この時代の中学生にとって進路の選択は生死にも関係している。

しかし、こういう「良い話」になると、私はいつも多少の疑問を感じる。この少年達の中の数人は、努力すれば本土の理系の大学に進んで、学徒出陣や沖縄戦を免れて、生き残る事が出来るかも知れない。しかし他の生徒はどうなる? この生徒達のかわりに誰か他の生徒が本土の理系大学に進学できなくなり、学徒出陣や沖縄戦に巻き込まれて命を落とす事になるかも知れない。それはどうなのか?

これは、東京で高校生に教えているときも同じように感じていたことだ。私の教えていた高校は勉強好きな学生が多い学校ではなかった（つまり偏差値の低い高校だった）。「勉強なんかしてやらんぞ」という態度の生徒もいる。「それなら勉強するな。あとで、自分で責任を取れ！」と言いたいが、立場上そうも言えず、勉強好きではない高校生たちに数学を教える。それに何の価値があるのか？　他のやる気のある高校生の大学への進学を邪魔しているだけではないのか？

ほかの教師たちはというと、そういう面倒な事は考えずに、自分が楽をして給料をもらうために事務的に働いているとしか思えない。私は、そういう風にわりきって教師という仕事を一生続ける事に疑問がある。その辺が、やる気のない問題教師と見られるひとつの原因だったのだろう。ここに来る前のあの世界では。

［5］叫ぶ女

午前中は塾で二中の生徒達を教える。私はできるだけ与那原家の人々に迷惑をかけないように、さすがに昼食まで頂いては申し訳ないので、昼前には外出し、夕刻の5時ごろに与那原家に帰宅するという規則正しい生活を送ることになった。頑固党の爺さん達も時折来て、碁を打っている。爺さん達は、カミンチュの塾が評判になり生徒が増えていくのを喜んで、私を「東京から来た偉い先生」として普通に接してくれるようになった。

外出時は不審に思われないように、この時代の人らしく、善行氏から借りた沖縄特産のアダンの葉で編んだパナマ帽子をかぶって大通りだけを散歩した。立ち寄るのは食堂、本屋、泉崎という所にある県立図書館だけにした。金がないので、映画館や喫茶店には入らない。いつも昼過ぎに入る食堂はそば（沖縄そば）が十銭。ざるに入れて売っているふかし芋はひとつ二銭。天ぷら屋もあり、店のまわりには客が詰めかけている。

本屋は現代でいう古本屋程度の品揃えで、見るべきものはほとんど無い。この初板本は高くなる筈だと思う本もあるが、購入する余裕も無いので、しまいに店主ににらまれる。

泉崎の図書館は平屋の建物で、現代の図書館の十分の一ぐらいの大きさ。暗い室内に本棚と机と椅子が並んでいる。理系の本はほとんどなく、歴史・文学関係が多い。時折街中で見る、銃を担いだカーキ色の兵隊の行進や、長剣をさげた警官には緊張したが、那覇の街はおおむね平和で、子ども達が走り回り、頭にざるを載せた着物姿の女性達が行きかい、木陰では老人達がのんびりと長いすに座っている。ムヌクーヤー（物乞い）の人達もいたが、多少汚れているだけで違和感がない。しかし、貧しいことには間違いない。

ときどき、誰もいないときに例のウガンジュの石に座ったりするのだが、何も起こらない。この世界で野良猫は珍しいのだが、黒と茶のブチの猫がうろついている。そういえばあのタイムスリップの前に、似たような猫にハンバーガーの肉を食わせたが、今は食わせるものもない。「猫もタイムスリップしたのか？」と聞いてみるが、返事をするはずも無い。

ある日、運河沿いの道を歩いていると、遠くで何かを叫んでいる女がいた。汚れた着物を着ている若い女は、「**ムルフリムンダバーテー**」とか叫びながら、だんだん近づいてくる。女はすれちがうときにオレをにらんで、「**ヤマトンチューか、タックルサリンドー**」とか言うので、「ヤマトンチューではない」と答えると、「**ユクシムニー、ヤーがウチナーのわけがない！**」と大声を出す。「オレの母親はウチナーンチュだから、オレもウチナーンチュだ」と言ったら「**ヌスドゥヌーや、ヌーガラアビトーケー**」と悪態をついて去っていく。

女はときどき振り向いて何か叫びながら、向こうのほうへ遠ざかって行った。

帰ってから、善行氏に聞くと、「あれはマブイ（魂）が落ちているらしい。ユタがマブイグミでもすれば、治るんだが」と気の毒そうに言う。（沖縄では驚いたり精神的ショックを受けると、「マブイ（魂）」が人から離れて、気が抜けたようになったり、危険な言動をするという事になっている。それを治す儀式を「マブイグミ（魂込め）」と言う。「私のおばあさんも『マブヤーマブヤーうーてぃくーよー、後からちーねー・・・』とか、マブイグミしてました」と言うと、カマドさんは「先生のおばあさんは首里の人だったんじゃないのかねー」と言う。マブイグミの言葉は、沖縄の各地域で違うらしい。確かに、祖母は首里の生まれだとか話していた事がある。

その翌日も、運河沿いの道を歩いている同じ女と出会う。昨日と同じ汚れた着物を着ている。叫んではいないが、こちらをにらんでいる。慎重な性格のオレは、一礼して通り過ぎる。すると、女は後ろから声をかけてきた。

「ヤー　ターヤガ（お前は誰だ）」

「東京から旅行に来たんだが」

「ヤーはヤマトンチューだろ！」

「いや、この顔を見ろよ。どうみてもウチナージラだろ」

「・・・」

「だからウチナーグチはあまり話せないが、半分ウチナーンチュだから方言はわかるんだよ」

「ユクシだろ！（ウソだろ）」

「この辺は良いところだね。川があって少し涼しいね」

「暑いよ！」

「東京も暑いよ。こっちより蒸し暑いかもしれない」

「そうだよ！　私も川崎の紡績工場で働いていたんだよ！」

「そうなのか、大変だっただろう？」

「大変だったよ！　一日15時間も働かされるし、オキナワって馬鹿にされるし」

「それは半分ヤマトンチュとして謝る。じゃあ沖縄で働けば良い」

「仕事が無いんだよ！」

「家は何の仕事をしている？」

「畑でサトウキビを作っていたけど、ヤマトンチュの金貸しに、家も畑も売り飛ばされたんだよ！」

「それは半分ヤマトンチュとして謝る」

「**ヤマトンチュは内地にかえれ！**」

どうやらヤマトンチュ達はこの時代も、沖縄で悪事をおこなっているらしい。

琉球国は二百数十年間にわたり、薩摩藩の支配で過重な米、黒糖、芋の年貢に苦しんできた。年貢以外にも、薩摩藩は黒糖を奄美・琉球から強制的に安値で買い取り、それを高値で売ることで長年にわたり、藩の財力を蓄えてきた。薩摩藩はその蓄財を幕府に黙認させようと、有力者に贈り物をして娘を将軍の正室にしたり、木曽川の修理等の普請を行い、幕府との縁故を深めていた。幕末には日本全国約百八十万人の侍の内、二十万人が薩摩藩士だったらしい。そして琉球の農民は「御国元」の薩摩藩と琉球王府への二重の貢租で、家畜にも劣る生活を送っていた。

幕末には、薩摩藩は生麦事件・薩英戦争の賠償金、新式武器購入のイギリスへの支払金を調達するために、琉球国内で銅銭一文を鉄銭三十二文にする文替わりを実施し、琉球からの黒糖の買い取りは三十二分の一の安値で、琉球への雑穀売却は従来通りという政策を始めた。この結果、琉球国内の鉄銭の価値が暴落し、物価が急騰、農民の困窮は限度を超えた。これは「敬天愛人」の西郷隆盛も承知していた筈だ。なにが「愛人」だと思うが、薩摩藩の人々は、琉球人を人とは思わなかったらしい。

明治維新を経ても、その状況はほとんど変わらず、沖縄県は一人当たりの平均所得が全国平均の三分の一以下という「日本一の貧乏県」で、米と黒糖を日本に差し出し、残った芋と雑穀を食べるという、薩摩藩支配の時代と変わらない生活が続いていた。しかも、日本政府の沖縄に対する課税は厳しく、沖縄県の所得に対する国税負担率は全国平均の2倍以上、税金を払えない家が半数以上、差し押さえようにも家の中には換金できるものがないという状況だった。そして若者たちの多くが、生活のために本土への出稼ぎや海外移民を始めた。

第一次大戦後、景気が悪化し、黒砂糖の相場が急落して、貧乏な農家は芋も食えなくなり、毒のあるソテツの芯を粉にして発酵させ、炊いて食べるという「ソテツ地獄」に陥る。農民の年収は、他府県農民の四分の一以下。本土への出稼ぎや海外移民はさらに増加し、五十万の県民中七万人が本土への出稼ぎ、二万人が海外移住していた。その頃、税金滞納に加えて、本土から来た高利貸しに金を借りて返済できず、家・畑を取られる農家も多く、本土の農村もそうだったらしいが、娘の身売りも多かったらしい。

そして日本は貧困から脱するために海外に資源と利権を求めるようになり、軍国主義の道を進むことになる。これは、日本国内で圧倒的少数派の沖縄に対する経済的搾取が長年成功してきたので、同様の経済的搾取が海外でも出来ると考えた事が、その一因だったと考えられる。

この時代は、いわば日本国自体のマブイ（魂）が落ちていた状態だったのかも知れない。朝鮮半島や満州や中国大陸という泥沼に何か信じられない力で進んで行き、誰も止められない。止めようとするものは「非国民」「アカ」と批判され、刑務所行きとなる。そして、マブイが落ちた日本の行く先にあるのは、多くの国民の死であり、敗戦である。

数日後、昼食代を節約しようと、芋を三つ買い、運河沿いの道の木陰で腰を下ろして、芋を食っていた。そこへまた、あの叫ぶ女が通りかかった。にらんでくるので、「良かったら芋食べないか?」と声をかけた。

「いらないよ!」

「うまいよ、ひとつ余るんだ、もらってくれ」

「・・・」女は芋をやっと受け取る。

「良いことしてやったと思ってるんだろ!」

「思ってないよ、ヤマトンチュに家と畑とられたんだろ、半分ヤマトンチュに芋ぐらいもらっても良いじゃないか」

「なんで知ってんだよ!」

「君がこの前言ってたじゃないか、ヤマトンチュの金貸しに騙されたって」

「そうだよ! ・・・」

「良かったら座れよ、暑いし」

「・・・・・・」

女は、芋を持って去っていく。

こうした日々を送るにつれ、慎重な性格の私は今後どうすれば良いのか考えていた。このころはすでに日中戦争がはじまっており、前年に国家総動員法が施行されている。そして、今は昭和十四年。五月に満州国境でノモンハン事件が起こり大きな戦争が続いていた。沖縄の青年達も満州や中国に出征して行く。街中で人々が、日の丸を振り「勝ってくるぞと勇ましく・・・」と声を合わせて歌い、出征兵士を送る様子を数回見た。そして新聞では、「県出身の義勇軍、寒暑に耐え得る力は全国一」「満蒙国境で壮烈な戦死、県出身の四勇士」「英霊無言の凱旋」「靖国神社で亡き父と対面の遺児」などと毎日の様に沖縄出身兵を褒めたたえる記事が出ている。ウチナーンチュも立派な日本人だと強調しなければいけないという空気が蔓延している。

これから、たしか二年後の昭和十六年十二月に日本軍によるハワイ真珠湾攻撃で太平洋戦争が始まり徴兵が徹底して行われる。そして昭和二十年になると、沖縄戦が始まり、この沖縄も悲惨な戦場になる。私が知り合ったこの人達も命を落とすかも知れない。しかし、私に何ができる？「戦争反対」などと言えば、「非国民」扱いされて刑務所行きだろう。「米軍が上陸したら、北部・ヤンバルの方へ逃げろ、南部は危険だ」などと言ったら、それも大騒ぎになるし、誰も信じないだろう。

［6］物理と相対論

この頃の中学は、十二歳からの五年制で、数学ばかりではなく四年生からは物理の授業もあるらしいので、私が趣味としてパソコンでまとめている物理の知識が役に立った。

数学と同様、物理にも、１次元の物理、２次元の物理、３次元の物理があり、それぞれに重力や電磁力を加えることで、いろいろな運動を説明できる。

１次元の物理 (x (t))	→２次元の物理 (x (t) ,y (t))	→３次元の物理 (x(t) ,y (t) ,z (t))
直線上の運動	平面上の運動	空間中の運動
↓＋重力 , 電磁力	↓＋重力 , 電磁力	↓＋重力 , 電磁力
落下 , 投げ上げ , 振動	放物 , 円・楕円軌道 , 波動	惑星軌道 , 船・飛行機の原理

物理では、距離に加えて時間の概念が加わる。そこで、距離 L÷ 時間 t= 速度 v、速度 v÷ 時間 t= 加速度 a などとなる。これらに質量 m（kg）をかけると、慣性 mL、運動量 P、力 F となり、さらに距離 L（m）をかけると、面積 S、面積速度 h、エネルギー E 等となる。これらを、横方向に距離 L、縦方向に時間 t をとって、順に並べていくと、

時間 t(s)
↑ ×t
角度 θ(/) → 距離 L(m) → 面積 S(m^2) → 体積 V(m^3)
質量 m(kg) ×L 慣性 mL(kgm) ×L 慣性モ I(kgm^2) ×L
↓ ÷t ← ←
角速度 ω(/s) → 速度 v(m/s) → 面積速度 h(m^2/s)
流量密度 J(kg/s) 運動量 P(kgm/s) 運動量モ L(kgm^2/s)
↓ ÷t ← ←
角加速度 β(/s^2) → 加速度 a(m/s^2) → 加速度ポ φ(m^2/s^2) → 場の強さ φ
ばね定数 k(kg/s^2) 力 F(kgm/s^2) エネルギー E(kgm^2/s^2) 引力定数 G
← 仕事率 P(kgm^2/s^3)
（モ＝モーメント、ポ＝ポテンシャル）

塾の生徒達が帰って、昼前にいつもの様に外出しようとしていると、忠幸少年が二中の先生を連れてきた。ひとりは大城という物理と数学の先生、もうひとりは池原という数学の先生で、両名とも私より十歳以上は年上のようだ。

「突然で恐縮だが、いろいろ数学や物理の新しい教え方をされているそうで、ご迷惑でなければ、是非ご教示を願いたい」と大城氏が言う。

これは少々まずいなと思ったが、与那原家の人々は、「二中の先生どうぞお上がりください」と大歓迎で、一番座に戻って、生徒の話、数学や物理の話を、食事をはさんで夕刻までつきあう事になった。

いかにもウチナーンチュらしい、眉毛も毛深い大城氏が、「以前は、生徒達はウチに押しかけていた。夏休みに入ってあまり来なくなったので、どうしたと忠幸君に聞くと、こちらで東京から来た偉い先生に教えてもらっていると聞いた」と笑う。

「それは申し訳ないです」と私が言うと、

「いやいや、大変助かっています。学校で教えて、家に帰っても教えていたら大変だ。だから、時々ウチに来る生徒には、与那原家で東京の偉い先生が夏休みの間教えているそうだから、行ってみたらどうだと追い返しているところです」と言う。痩せて飄々とした感じの池原氏も「その通り！」と相槌を打つ。

数学や物理の教え方について一通り、質疑応答が続いた後、何を聞かれるのかと用心していると、大城氏は、東京の高等師範学校の学生だった当時から、相対性理論に興味を持っているそうで、「忠幸君に聞いたが、君は相対性理論にも知識があるらしい。俺はアインシュタイン博士が日本に来たときには、慶応大学まで講演を聴きに行ったが、あいにく入場出来なかった」と残念がる。

それから大城氏は、おもむろに鞄から「相対性理論」の本を取り出し、「ぶしつけで恐縮だが、この本に書いてある特殊相対性理論と一般相対性理論の違いとはどういう事なのか」と聞いてくる。私もここでインチキ先生と思われてはまずいので、その本を題材に、茶を飲みながら頭を絞って、相対性理論について、思い出せるだけ話すことにした。

特殊相対性理論と一般相対性理論は１次元から４次元の数学と次のように関連している。

１次元の数学 (x) ──→ ２次元の数学 (x,y) ──→ ３次元の数学 (x,y,z) ──→ ４次元の数学 (x,y,z,w)

３次元の数学 ↓ ４次元の相対論 (x,y,z,ct)「特殊相対性理論」──→ ５次元の相対論 (x,y,z,w,ct)「一般相対性理論」（４次元の数学 ↓）

特殊相対性理論は４次元の平坦な時空を考える。時間はローレンツ因子 $\gamma = 1/\sqrt{(1-v^2/c^2)}$ やその逆数 $1/\gamma$ を掛けることで増加したり減少したりする。距離・速度・加速度やエネルギーも同様に増加したり減少したりする。定点から高速で移動する物体を見ると、物体の時間は少ししか進まない。例えば、浦島太郎が宇宙船で高速旅行してくると、村人から見ると浦島太郎は、少ししか年を取っていない。逆に、浦島太郎から見ると村人は年を取っている。つまり、浦島太郎は村の「未来」に出現した事になる。

特殊相対性理論が平坦な時空であるのに対し、一般相対性理論は歪んだ時空を考える。
例えば、３次元空間中の２次元球面は、
$(x, y, z)=(a\sin\theta\sin\phi, a\sin\theta\cos\phi, a\cos\theta)$で表される。
これを(r,θ,ϕ)で偏微分すると、

$$\begin{vmatrix} dx \\ dy \\ dz \end{vmatrix} = \begin{vmatrix} 0 & a\cos\theta s\phi & a\sin\theta c\phi \\ 0 & a\cos\theta c\phi & -a\sin\theta s\phi \\ 0 & -a\sin\theta & 0 \end{vmatrix} \begin{vmatrix} dr \\ d\theta \\ d\phi \end{vmatrix}$$

これらを、線素 $ds^2=dx^2+dy^2+dz^2$ に代入し、$g00=-(1-a/r)$,$g11=1/(1-a/r)$ をつけると、
シュバルツシルト時空計量 $gii=[-(1-a/r), 1/(1-a/r), r^2, r^2\sin^2\theta]$ となる。
　４次元空間中の３次元超曲面は、
$(x, y, z, w)=(af\alpha s\theta s\phi, af\alpha s\theta c\phi, af\alpha c\theta, af'\alpha)$で表される。
これを(r,α,θ,ϕ)で偏微分し、　(←円関数 $s\theta=\sin\theta, c\theta=\cos\theta$)

$$\begin{vmatrix} dx \\ dy \\ dz \\ dw \end{vmatrix} = \begin{vmatrix} 0 & af'\alpha s\theta s\phi & af\alpha c\theta s\phi & af\alpha s\theta c\phi \\ 0 & af'\alpha s\theta c\phi & af\alpha c\theta c\phi & -af\alpha s\theta s\phi \\ 0 & af'\alpha s\theta & -af\alpha s\theta & 0 \\ 0 & af''\alpha & 0 & 0 \end{vmatrix} \begin{vmatrix} dr \\ d\alpha \\ d\theta \\ d\phi \end{vmatrix}$$

これらを、線素 $ds^2=dw^2+dx^2+dy^2+dz^2$ に代入し、$g00=-1$ をつけると、
フリードマン時空計量 $gii=[-1, a^2, a^2f^2r, a^2f^2rs^2\theta]$ となる。
　５次元時空の中の４次元超曲面は、
$(x, y, z, w, ct)=(ash\chi f\alpha s\theta s\phi, ash\chi f\alpha s\theta c\phi, ash\chi f\alpha c\theta, ash\chi f'\alpha, ach\chi)$で、
これを$(r,\chi,\alpha,\theta,\phi)$で偏微分し、　(←双曲線関数 $sh\theta=\sinh\theta, ch\theta=\cosh\theta$)

$$
\begin{vmatrix} dx \\ dy \\ dz \\ dw \\ cdt \end{vmatrix} =
\begin{vmatrix}
0 & a\mathrm{ch}\chi f\alpha s\theta s\phi & a\mathrm{sh}\chi f'\alpha s\theta s\phi & a\mathrm{sh}\chi f\alpha c\theta s\phi & a\mathrm{sh}\chi f\alpha s\theta c\phi \\
0 & a\mathrm{ch}\chi f\alpha s\theta c\phi & a\mathrm{sh}\chi f'\alpha s\theta c\phi & a\mathrm{sh}\chi f\alpha c\theta c\phi & -a\mathrm{sh}\chi f\alpha s\theta s\phi \\
0 & a\mathrm{ch}\chi f\alpha c\theta & a\mathrm{sh}\chi f'\alpha c\theta & -a\mathrm{sh}\chi f\alpha s\theta & \\
0 & a\mathrm{ch}\chi f'\alpha & a\mathrm{sh}\chi f''\alpha & & \\
0 & a\mathrm{sh}\chi & & &
\end{vmatrix}
\begin{vmatrix} dr \\ d\chi \\ d\alpha \\ d\theta \\ d\phi \end{vmatrix}
$$

これらを、線素 $ds^2=-(cdt)^2+dw^2+dx^2+dy^2+dz^2$ に代入すると、超曲面型時空計量 $g_{ii}=[-a^2, a^2sh^2\chi, a^2sh^2\chi f^2\alpha, a^2sh^2\chi f^2\alpha s^2\theta]$ が計算できる。

それらの計量 gii から、リッチテンソル Rii、曲率 R を計算する。アインシュタイン方程式 $G_{ii}=R_{ii}-g_{ii}R/2$ は、それらから成り立ち、４次元時空の歪みを示している。

大城氏の本は、相対性理論の通俗書にありがちな、数式が少ししか書かれていない本だった。説明の途中で、数式を思い出せず、鞄からあの時代の相対性理論の本を出して調べようかとも思ったが、出版日が昭和十四年よりはるか未来で、大城氏に見せてくれと言われるとまずいので思いとどまり、ひたすら茶を飲み、思い出しては、数式をノートに書いて説明した。私にすれば、あの時代の本に書いてある内容の受け売りなのだが、大城氏はなるほどと感心しきりで、どうやら私を見かけによらず偉い学者だと思ったらしく、目をまん丸にして首をひねっている。池原氏は相対論の数学に興味がある様で、「なるほど相対性理論は、四元、五元ベクトルの計算か」と大いに感心している。

「なるほど、この静止エネルギーの $E=mc^2$ って、物質の質量が大きなエネルギーになるって事だよね、太陽とかはそれで輝いているのか？」と大城氏が、本を指し示しながら迫力のある顔で聞いてくる。

「物質は、原子核の核分裂と核融合でエネルギーを放出するらしい。ウランは大きな元素番号の原子で、原子核が核分裂して小さな元素番号の原子になるときに、エネルギーを放出する。太陽は水素の原子核が核融合してヘリウムになるときにエネルギーを放出する反応らしい」

「なるほど核分裂と核融合か、すごいな！　それはどういう仕掛けで出来ているのか？」

「そういう理論があることは聞いたことがあるが、具体的にどうするのかは、アインシュタインにも分かっていないと思います」

「それが未来の新型爆弾になる可能性もあるな。しかし、そもそも、ウランって何処にあるんだ？」

「あれは、世界のいろんな所で出ていて、日本にも、たしか岡山県の人形峠という所にあると聞いたことがあります」と言った後で、私は失言をした事に気づいた。この時代で、こんな事を言って良いのかと気にはなったが、言った事は取り消せないので、平然とすることにした。


「今度、辻（那覇の繁華街）に飲みに行こう」と言って、大城氏と池原氏が帰ったあと、慎重な性格の私は考えた。

たしか、人形峠のウラン鉱は戦前には発見されていないはずだ。それで、日本の原子爆弾開発が成功しなかったという話を、何かで読んだ事がある。もし私が、戦前に東京帝大で原子爆弾を研究していたというN教授に「人形峠にウラン鉱、遠心分離法、原子爆弾は周りに火薬を仕掛けて爆発させる」などと書いて手紙を送ったらどうなる？　もし、日本が世界初の原子爆弾を持ち、アメリカの機動艦隊とかを全滅させたら、どういう世界になるのだろう。

たしかに、悲惨な沖縄戦や広島・長崎への原爆投下が、無くなる可能性もある。しかし、そのかわりに、もっと他の場所他の国で、より大きな被害が出るのではないか？　アメリカも原子爆弾を完成し、両国が相手の国に原子爆弾を落としあう最悪の事態になる可能性もある。そのとき、あの未来はどう変わっていくのだろう。それを、人類は望むのだろうか？

慎重な性格の私はそう考えて、この件については、大城氏に聞かれても、これ以上は言わないでおこうと考えた。

［7］二中横の二階家

数日後、大城氏と池原氏が「辻に飲みに行こう」とやってきた。飲みに行くのは良いが、支払いに困る。「実は、先日財布を落として、金がないので飲み代が払えない。東京の家族に現金を送るように手紙を出している最中だ」と言うと、「そういうことなら、ウチへ来るか？」と、大城氏が自宅に誘ってくれる。与那原家を出て、ウガンジュの前を通ると、「君はここでキラキラした光とともに、いきなり現れたらしいね。やはりカミンチュなのか？」と突っ込まれる。

「たぶん、セミの小便でもかかったのを、見まちがえたんでしょう」

「だからよー、大変さー」と池原氏が笑う。

「カミンチュでも良いよ。あれだけ相対性理論に詳しければ、俺にとってはカミンチュだ」と、大城氏が力強く助け船を出してくれた。

大城氏は、大通りに出て、大威張りで歩いていく。池原氏は「奥さんが苦手で」と謎の言葉をつぶやき、仕方なさそうについて行く。大城氏は「ちょっと買い物だ」と言って、一軒の店で、ふかし芋と天ぷらを大量に購入し、鞄から風呂敷を取り出し、端を二箇所ずつ結んで、そこに紙袋に入った食料を入れて手提げにして、持って行く。つまり、風呂敷の買い物袋だ。「いつもこうやって家に食料を運搬している」「なるほど、便利ですね」と感心した。

大通りから十分ほど歩いて二中前に通りかかる。大きな二階建ての校舎が並んでいる。数人の生徒が、校門前に出てきて、「ウフグスク先生と池原先生だ！」と言って、「きおつけ」をして敬礼する。大城氏と池原氏は笑顔で応えて「お前ら、今日は来るなよ！」と言う。

「ウフグスクと言うのは、大城のウチナーグチの読み方なんだね」と大城氏が言う。

「なるほど、しかし、生徒達がわざわざ言うのは面白いですね」

「忠幸君から聞くと、君の母上はウチナーンチュで、君もウチナーグチを使うそうだが、沖縄では昔、日清戦争の頃、「尋常中学ストライキ事件」というのがあって、ヤマトンチュの校長が標準語を強制するために、英語の授業を廃止して標準語の授業を増やそうとしたんだね。しかし英語が出来ないと、上級学校への進学が出来なくなる。それで生徒達がストライキを起こし、新聞も生徒側の応援をしたので、校長は解任になった。そのとき、我々の先輩の卒業生や教師達が、沖縄倶楽部というのを結成して、生徒達を応援した。沖縄県人は、日本国民として天皇陛下の臣民だが、同時にウチナーンチュとしてウチナーグチも大切だ」と言う。

「確かにそのとおりです。日本国民の義務と、ウチナーグチを使うのとは関係ないです。

うちの婆さんなんか、東京に住んでますが、ほとんどウチナーグチしか使わないですよ。オレなんか、ガチマヤー、ユクシムニーダーラナイシ（生意気な嘘ばかりを言う）ばかり言われましたよ」

「そうか、ガチマヤー、ユクシムニーか、だよな、俺も小さいころよく言われた」と、大笑いする。「だからよーこんなにワタブー（太っている）さー」と池原氏が言う。（「だからよー」は池原氏の口癖で、どんな場面でも使用可能のようだ）

二中を過ぎて、角を曲がって小さな坂を上ったところに大城氏の家がある。赤瓦の二階建で、なかなか珍しい。玄関を入ると、奥さんが二人の子ども達を相手にしていた。大城氏が、芋と天ぷらの入った風呂敷を、奥さんに渡して、「この方が東京から旅行で来られた偉い先生だ。二階でおもてなしをするから、後で茶を持って来てくれ」と言う。

二階へ上がると、見晴らしの良い部屋に、なにやら本がぎっしり並べて置いてある。理系の本が多い。「本を集めるのが趣味でね」と照れたように言う。

本を見せてもらっていると、奥さんが茶と芋と天ぷらを、盆に入れて持ってきて、「ごゆっくりどうぞ」と生真面目に言って、下へ降りていった。

大城氏は小声で「無愛想で申し訳ない。実は、毎週二中の教員連中が『職員会議』と称してウチへ愚痴をこぼしに来てるんだが、それで、警察に『アカ』と目をつけられるではないかと、家内は心配してるんだよ。生徒達も五月蝿くやって来るし。なにしろ、あいつら何か食い物が出て来ないと帰らないからな。夏休みじゅう、生徒が君のところへ行ってくれて、助かっている」と言う。

「ところで、相対性理論では光の速さに近い高速で旅行すると、浦島太郎の様に、戻ってくると村の人が年をとっているという事だが、この本に書いてある〈航時機〉というのはどうなる?」と、大城氏が、黒岩涙香の『八十万年後の世界』という本を持ち出して来る。その本を見てみると、数ページ読んでH・G・ウェルズの『タイムマシン』の翻訳だと分かった。

「なるほど、浦島太郎とこの本の内容は未来への時間旅行という事で似てますね。浦島太郎が村に帰ってきたら、村人が年を取っていたということは、浦島太郎が未来へ時間旅行したという事になりますね」

私は逆に過去にタイムスリップして困ってるんだと思い出して、返答に困ったが、「アインシュタイン方程式の意味は時空のゆがみだから、関係しているんでしょう。しかし、未来よりも、過去に行くほうがいろいろと問題がありますね」

「どういう問題かね」

「過去にさかのぼっていってその時代で物事を変えたら、後の時代の歴史が変わる事になりますね」

「なるほど、たとえば戦争の勝ち負けが逆転する事も考えられるわけか」

「そうなりますね」

「たとえば、日本海海戦前に沖縄の漁師が、バルチック艦隊発見を報告しなかったら、日露戦争もどうなっていたか分からんしな」

「だからよー、ロシアが勝っていれば、日本が領土をとられて、沖縄は琉球に戻れたかも知れないさー」と池原氏が言う。

「いつの日か本当に『航時機』が出来たら過去に戻って、自分達に都合の良いように歴史を変える事が出来るわけか」

「だからよー、薩摩の琉球侵攻のときに尚氏の王に『ぬちどぅ宝』などと言わせないで、持久戦に持ち込んでいたら、薩摩軍を追い払えたかもしれないさー」

「確かに、琉球王が首里城に籠城して戦う姿勢をとっていれば、薩軍も鉄砲の弾が無限にあるわけではないから、琉球から引き揚げる他なかったろうな。そしたらヤマト世にならずに、琉球王国は今も続いていたかも知れない」

「たしかに、日本と琉球はもともと異なる国ですからね。半分ヤマトンチュの自分が言うのも変だが、琉球国は独立すべきですね。そしたら、もっと平和な世の中になっていたと思います」と私は言った。

「その通り!」と大城氏と池原氏が言う。


以降、ヤマトンチュとウチナーンチュの歴史問題について、芋と天ぷらを食べながら、さんざん話し込むことになった。

「薩摩藩は三百年近く琉球から年貢米と黒糖を搾り取り大きな財力を蓄えた。その財力で、イギリスの武器商人から大量の新式武器を買い付け、明治維新を成功させた。薩摩藩の財力がなかったら、薩長が幕府を倒す事はできなかった筈だ」

「だからよー、明治維新がなかったら、江戸幕府の鎖国が続いて、日本が、朝鮮や満州や中国に派兵する事はなかったさー」

「それで、江戸幕府が続いて日本が海外派兵をしなかったら、日清戦争も日露戦争もなかったとしたら、どうなっていたんだろう?」

「そしたら朝鮮・満州はロシアの植民地になり、中国は英米独仏に分割されて植民地になっていたはずだ。それに反発して、今頃中国人が独立を目指して西欧と戦争していたかも知れんな」

「そしたら、日本は中国の味方をして、今頃中国人から感謝されていたかも知れない」

「良いか悪いかは分からんが、今とは全く違った世の中になっていた筈だなあ」

「だからよー、少なくとも日本が中国と戦争をしなくても良かったはずさー」

「そしたら沖縄はどうなっていた?」

「どうもならんさ、日本一の貧乏県のままだよ。米と黒糖をヤマトゥーに差し出し、芋を食う生活が続いていたはずさー」

「ただ、召集令状はこんなに来なかったはずだな。過去に行ける航時機があったら・・・だけどね」

夕暮れになった帰り際に大城氏が、「今度の土曜日も昼からウチで職員会議をするから、君も是非来たまえ。二中の他の教師にも、君の教え方を紹介したい」と言う。それから小声で、「生徒を夏休み中引き受けてくれると助かる。できれば夏休み以降もお願いしたい。しかし、あの生徒達は君のところへ行って教えてもらっても、授業料なんか払う気は全くないと思うよ。俺が代わりに払う。今日の飲み代だ」と言って五円を渡してくれる。それを聞いた池原氏も「だからよー、俺もだ」と五円を渡してくれる。

礼を言って、池原氏とふたりで階下に降りると、話を聞いていたらしい奥さんが、「これからも主人をよろしくお願いします」と言って丁寧に頭を下げる。坂を下りてから、「しかし、奥さんにあれだけ丁寧に言われると、確かに敷居が高くなりますね」と私が言うと、「だからよー、気い使うわけさー」と池原氏がつぶやいた。

数日後の土曜日、言われたとおり、昼過ぎに大城氏宅に行って例の「職員会議」に出席する。大城氏、池原氏を含めて二中の教員八人（すべてウチナーンチュ）が二階に集まって、例によって芋と天ぷらを前に茶を飲んでいる。

「東京から旅行で来た斎藤と言います。与那原善行さんのところでお世話になっていて、夏休みの間、生徒達に簡単な数学と物理を教えています」

「うわさはお聞きしています。是非我々にも、数学と物理の教授法をお教え願いたい」

数学と物理の教え方について、一通り説明する。

「なるほど、次元という考え方は新しい。あまり聞いたことは無かったが、数学でも物理でもたいせつな考え方だ」

「次元を理解すれば、数学でも物理でも、いま何を勉強しているのかが、はっきりとして来ますね」

「紙にまとめるというのも良い発想ですね。我々は黒板に書きまくって授業してますからね。自分もこんど紙にまとめて黒板に貼ってみよう」

「確かにそのほうが書き間違いも無いはずだし、時間の短縮にもなる。何回も書かなくて済む」

「今度、大きな紙を支給せよ、と要求すべきだな。用具課に」

「出ないと思うぜ、チョークもケチるんだからな。もうストライキでも起こすか？」

「そうだ！　用具課をつるし上げだ！」と笑い声が起こる。


そこへ、「失礼します」と二中の生徒が五、六人顔を出した。

「お前ら、今日は大事な話がある。芋やるから帰れ」と大城氏が言う。

「勉強の話が聞きたいんですが」

「この芋やるから、帰って自習しろ！」

「えっ、六人もいるんですが、芋二つですか？」

「そうだ、ひとり3分の1だ、小数で言うと0・3333だ」

「芋もうひとつくれたら帰ります。ひとり2分の1です。小数で言うと0・5です」

芋を三つもらって生徒達は帰っていく。

「腹減ってんだろうな。しかし、たくさんやるとそれ目当てに来るから」

「生徒も大変だよ。夏休みも教練で、家でハルサー（畑仕事）をやるのもいるからな」

「うちの生徒達も、あんな配属将校に教練させられて最悪だよ」

「毎日のように、匍匐前進、突撃、銃剣の練習だからな」

「先日も、教練の時間に配属将校に殴られた生徒がいる。精神がたるんどると言われて、教師が止めに入ったから大事にはならなかったけどね」

「生徒も教練合格証をとるために必死だよ」（この当時は「教練合格証」というものがあって、それがない者は上級学校に進学できない仕組みになっていた）

「あの配属将校は、それをチラつかせて、生徒相手にやりたい放題やってやがる」

「今度教練で首里まで行軍するらしいが、生徒に木の銃を担がせて何の役に立つ？」

「生徒が戦争のまねごとをしなくても済む様な教育をするべきだよ」

「皇民化教育とやらで振り回されて、あんな校長や配属将校の言うとおりになる学校なんて、最悪だ！」

「何かと言うと、この非常時に勝手なことを言うか！　だからな」

「だからよー、S校長には辞めてほしくなかったんだよ」

「そうだよな、俺もそう思う。しかし、君ら他の人の前でそんなセリフやそぶりをしては駄目だぞ。大事《おおごと》になるぞ。分かっているとは思うが」と大城氏がたしなめる。

それから、前校長のS氏の事を、大城氏が話し始めた。

二中の前の校長のS氏というのは、二中を北谷から那覇に移転させた功労者で、教育に熱意があり、在任中は卒業生を帝大や高等師範にたくさん送り込んだ実績があった。S氏は教練に反対していた。しかし、政府からの指示・命令に逆らえず、教練をする他はなかった。それでS氏は二中の校長を退任し、教練をしなくても良い私立中学を創ろうと、いろいろと尽力し、邦南中学を設立したという。

「俺も、教練のない邦南中学に行きたい。しかし、俺達が二中を出て行ったら、生徒の味方になる教師がいなくなる。新しく来たナイチャー校長の腰ぎんちゃくばかりになる」

「それで俺も迷っている最中だ。二中に残るか、邦南中学に行くべきか」

「二中の職員室では俺達も不満を言えなくてな、こんなところ・・・、いや失敬、この立派な二階建ての新築で、きれいな奥さんがいる大城宅でしか、不満を言う場所が無いんだ」

「そうだろ、しかも芋と天ぷらの豪華な食事つきだ。文句を言うとバチがあたるさー」

「斎藤君はどこの学校に勤めてるんだ?」と、教員のひとりが聞いてきた。「実はいま休職中で、台湾で教師をしないかという話はあるんですが、決まってないです」と、慎重な性格の私は取り繕って答えた。

「休職中か、・・・それなら、邦南中学で理系の教員を募集しているらしいから、S校長に話をしてみたらどうか」と誰かが言う。

「自分も、台湾に行くより、沖縄で教員ができたらと考えています」

「それなら、俺がS校長に話をしに行ってみる」と大城氏が言う。

「きまりだな、こんな優秀な教師はなかなかいないよ」

「高給を出してくれると良いんだが、給料は安いと思うよ」

「それで、君も邦南中学に行くのを迷っているのか？」

「だからよー、・・・今でも、充分安月給だよ！　おかげで毎日、芋ばかり食ってるさー！」みんなが大笑いをする。

［8］大風と教練

八月に入って一週間ほどで台風が来た。沖縄では大風《ウフカジ》と言う。昨日の朝から風が強くなり、今朝は強風と屋根をたたきつける雨で、家も時折ミシミシと揺れている。家の中は雨戸が開けられないので暗い。朝から電気がついている。ラジオの天気予報も数日間は強風大雨に注意と言っている。朝から与那原家の人々は落ち着かない様子だ。聞けば、忠幸君の通っている二中は今日軍事教練で、首里方面へ行軍する予定だという。「この台風では中止でしょう」と言うと、配属将校が雨天だろうが台風だろうが決行だと言ったらしい。それでこんな大風の中を心配だと、善行さんが二中まで見送りに出かけようとしているらしい。

そこで私が「では自分が二中に行ってきます。ついでにその行軍について行って、忠幸君が、無事二中に帰って来るまで見てきます」と言って、借りた雨合羽を着て外へ出る。雨は降ったり止んだりしている。強風で木々が揺れ枝や板が飛んだりする中を、大通りに向かって歩く。濁流で増水した安里川の石橋を風で飛ばされないように這うようにして渡り、二中のほうへ向かい、雨風の中を苦労して進んでいく。

二中に到着すると、校門近くには大勢の父兄や母親たちが雨風の中集まっている。心配そうな顔をしているが、「何でこんな台風の中を行軍させるのか」という不平を言う者はいない。

校庭に整列した生徒は一年生から五年生迄の約五百人、学年ごとに並んでいるのが背の高さで分かる。教師達も生徒達の前に整列している。朝礼台の上でカーキ色の軍服、腰に長剣を提《さ》げた配属将校が生徒達に向かって、何か威勢の良い事を言っている。

この光景を見てオレは心の底から怒りを感じた。少年達は教練で良い成績をとらないと、上級学校に進学できない。だから配属将校の言うことを聞くしかない。配属将校は絶対的優位に立って、少年達を服従させ、それを自分の保身のために利用している（それは、あの世界で私がいつも高校で感じていた気持ち悪さと同じだ。学生は通知表の成績を上げようと教師にへつらう。教師はそれを自分の保身のために利用している）。そしてこの昭和十四年の世界の場合、この生徒達の後輩は、この教練を受け継いで、この様な姿で学徒兵として本物の戦争にかりだされ、米軍の戦車に突撃して、日本のために名誉の戦死をする事になる。これは美しい姿なのか？

そんな私のどうなんだろう思考とは関係なく、演説が終わったらしく、配属将校の号令で、生徒達は学年別に、五年生から順に四列になって、木で出来た木銃を肩に担いで校門から出て行く。配属将校はそれを見送って、校舎に入っていく。雨風の中、生徒達は何かを歌いながら、元気よく手を振り足をそろえて出て行く。その時、門から出てきた教員が声をかけてきた。見ると大城氏と池原氏だった。あれは何を歌っているのかと聞くと、二中の校歌だという。「この雨風の中、大変ですね」と言うと、池原氏は「いやいや、皇国の臣民としては、これくらい大事無いですよ！」と、雨を顔に叩き付けられながら皮肉っぽく言う。「そうですね、我々も中学生に負けずに鍛えないと！」と意気投合したフリをして、一緒に生徒達の後をついて行く事にした。他にも、数十名の教員とも父兄ともとれる人達がついて行く。

うねるサトウキビ畑や、風で吹き飛ばされてほとんど葉が無くなっている畑の中を、首里へ向かう坂に差し掛かった。低い雨雲が飛ぶように坂の上の方へ流れていく。生徒達は元気に声をそろえて校歌か何かを歌いながら上って行く。道は珊瑚のかけらを敷き詰めたような道で、ほとんどぬかるんではいない。

後ろからの強風を受け、ずぶぬれになりながら長い坂を約一時間で上りきって、二中のライバルの一中の前を元気よく通りすぎ、雨でほとんど見えない首里城の下を通って、左へ曲がり、崖の上のぬかるんだ道を歩いていく。どしゃぶりの雨で霞んでいる黒く荒れた海が左手遠くに見えるが、生徒はそれどころではないだろう。一時間近く足元を泥だらけにしながら歩いて、そこから、さらに左に曲がり、所々に森のある、草の生えた長い泥の坂を下っていく。体が冷えて寒気を感じる。この頃になって、海から吹きつける正面からの雨風が急に強くなり、生徒達が立ち往生しはじめた。

一年生らしい小さな生徒の中には、吹き飛ばされて転がっていく者もいるが、泥だらけになって立ち上がってついて行く。思わず周りから「アイエナー」「デージヤサ」という声が聞こえる。大人でも歩くのに注意しないと飛ばされそうだ。「ケーシカジ（返し風）」と言って、台風が通り過ぎてからの西風が一番強いらしい。一人の生徒がうずくまっている。他の生徒が前に進むので、その生徒が我々のところに取り残される形になった。大城氏と池原氏が助けようと近寄る。池原氏が油紙の袋から黒糖を取り出し「ほれ、サーターを食え、チバリヨー」と声をかける。生徒を立ち上がらせて二人で両側から肩を担いで歩いていく。木の銃は私が持って行く。他にも取り残された生徒が数人、大人達に助けられてついて行く。すべったり転んだり吹き飛ばされたりしながら、二時間近くかけてやっと泥だらけの坂を下りきり、海沿いのまともな道に出る。生徒達も隊列は組んでいるがさすがに声は出ないようで、無言で右手に大荒れの海を見ながら約二時間歩きつづけ、やっと辻のあたりに出て、雨戸の閉まった、人気のない大通りを二中の方へ歩いていく。

二中へ帰った生徒達は、多少弱くなった雨風の中、校庭に整列し、配属将校の満足そうな言葉を聞いていた。大城氏や池原氏も生徒達の前に整列している。その光景を校門の外から見ていた私は、またもや怒りと、そしてどうしようもないという絶望を感じていた。

そのとき、誰かが大声を上げた。見るとあの叫ぶ女が校門の近くに立っている。

「本日、大日本帝国の臣民として精神鍛錬の行軍を・・・」

「なにがか、中学生に戦争のまねさせてどうする！」

「忠勇なる皇軍兵士に感謝し・・・」

「なにが感謝か、ヤマトンチュが勝手に戦争してるだけだろ！」

「日本民族の誇り、大和魂を・・・」

「なにがヤマトダマシイだよ！　ワッターウチナーンチュだよ！」

女は校門から出てきた教員達に取り押さえられて、校内へ連れて行かれる。

「ヤマトンチュは内地に帰れ！」


生徒、父兄達はこの光景を無言で見ていた。生徒達はこの後何事も無かったように校歌や軍歌を合唱し解散となり、父兄とともに帰宅していく。教員達も校舎の中に消えて行く。私は、ケーシ風《かじ》が続く帰り道で考えた。教員達も父兄達も、台風の中の教練を命じた配属将校に怒りを感じていただろう。しかし誰も声を上げなかった。声を上げた叫ぶ女は、逮捕されて、かなりの処罰を受けるだろう。それを覚悟の上で声を上げたのならたいしたものだ。

あの女の言うとおり、ウチナーンチュはヤマトンチュに騙されている。このまま声を上げなければ、あの中学生達の後輩の生徒達が、数年後には、沖縄戦で鉄血勤皇隊として召集される事になり、多くの犠牲が出る。教員達に反対の意思を示す方法は無かったのか？

例えば職員会議で教練に反対したとしても、通るわけもなく特高に逮捕・拘留される可能性もある。しかも、生徒や父兄に自分の考えを伝えることも、この時代では出来そうにない。新聞に投稿しても載るはずは無い。県庁や政府に直接抗議しても同様。結局この時代、あの叫ぶ女がやった方法以外には、何も無かったのかも知れない。私自身には何か方法はないのか？　生徒達を、そしてあの叫ぶ女を助ける方法はないのか？　と考えつつ、飛んできた枝が巻きついているウガンジュの石の前を通り、与那原家に帰宅して、停電で暗い家の中にいた善行氏とカマドさんに「忠幸君も他の生徒もみんな無事でした」と報告した。

大風行軍の翌日、塾に来る生徒は忠幸君だけだった。忠幸君はいつも通り元気で、「先生も、昨日、僕たちと一緒に行軍したそうですね」と聞いてくる。

「そうだよ、みんな最後まで頑張ったな」

「でーじ大変だったですよ。あの下り坂、向かい風で進めないし、みんなこけまくってました。僕も五回ぐらいこけました」

「そうか、私は十回ぐらいかな」

「カミンチュ先生でもこけるんですね、でーじ大変だ。だけど、将校さんも一緒に行軍してほしかったな。最初と最後だけなんてずるいや。カミダーリが、あのクソ将校に文句言ってくれて、でーじ嬉しかったです」

沖縄では、神がかりして人と違った行動をする人のことを「カミダーリ」と言う。叫ぶ女は「カミダーリ」と呼ばれているらしい。

「他の生徒もそんなことを言っているのか？」

「昨日帰るときに、みんな言ってました」

「学校では、教練への文句や配属将校の悪口を言うなよ。教練でも良い成績をとらないと高校や大学とかの進学が出来なくなるんだろ。文句言わずに頑張らないと」と私は言葉を選んで慎重に答えた。

「でも、僕はやっぱり高校や大学より、予科練に行きたいです。戦闘機に乗って、お父さんのように、もっと敵のやつらをやっつけたい」

この忠幸君の言葉に対して、私が言わなければいけない事がたくさんあった。

(「敵」とは日本が軍隊を送りこんだために被害にあっている大陸の人たちの事か？ 向こうの人から見たら、日本軍は家に入ってきた居直り強盗のようなものだ)(軍隊の検閲があるから、お父さんからの手紙には、日本軍は勇ましく戦っている話しか書かれていないだろうが、本当はひどい戦いだろう)(予科練を志願しても、沖縄出身者が航空隊に入るのはほぼ不可能で、万一航空隊に入れたとしても、まともな戦闘機はなく、特攻隊になって海に落ちるだけだ）とか。

しかしそんな事を忠幸君に伝えて、忠幸君が（悪気がなくとも）それを他人に話したら、この時代ただでは済まなくなる。しかし忠幸君が二中をやめて予科練に行くのは、死に急ぐ様なもので放ってはおけない。


「君の考えもわかるが、戦闘機の性能を改善したり新兵器を研究する事も絶対必要だよ。理系の勉強を続けて大学に行くのも、立派な進路だ」

私にはこんな事ぐらいしか言えなかった。忠幸君がわかってくれたのか微妙だったので、私はこういう話をした。

「進路というのは良く考えないといけない。私は学生の頃、夏目漱石のような小説家になりたいと思った事がある」

「えーーーっ、小説家ですか？　どうしてですか？」

「君と違って、立派な理由じゃない。有名になりたい。有名になって女にモテたいと思っただけだよ」

「小説家はモテるんですか？」

「そうらしい。だが、やってみると、自分は小説が書けない事に気が付いた」

「何ですか、それは」と忠幸君は呆れたように言う。

「頑張って書こうとしても書けないんだから仕方がない。だから、頑張ればできる数学を勉強する事にした。つまり、自分がなりたいものと、自分がなるべきものは違う事があるという話だ」

「・・・なんとなく、わかりました」

そこへ、カマドさんが、「昨日はウフカジで大変だったのに、よく来たね。偉いね」と忠幸君に言って、二人分の早い昼食を運んできてくれる。ズーシーメー（雑炊）だった。

カマドさんは話を聞いていたらしく、「先生は、作家先生になるはずだったんだねー」と言う。

「そうなんです。今でもなりたいんですけどね。小説なんてものはなかなか書けません」

「こんな偉い先生でも、そんな事があるんだから、忠幸！　予科練とか言ってないで、勉強しなさい！」

「アギジャビヨー」

忠幸君はウチナーグチのギャグを言って笑わせた。

この時代、日本国内で圧倒的少数派であるウチナーンチュは、圧倒的多数派のヤマトンチュに従い、日本人になりきる事で生き抜こうとした。そして、アジアで少数派の日本が、多数派の中国、ソ連、イギリス、アメリカなどの国々を相手に戦う事に、もろ手をあげて賛同していた。沖縄の人々は、日本と一体化する沖縄の未来にあまりに楽観的だった。というより楽観的にならざるを得なかったのだろう。生徒達は、日本政府の言う事が正しいと教育され、それを信じて立派な日本人になろうと決意していた。そして、大人達も、それを黙認する他はなかった。

軍歌「敵は幾万」（作詞　山田美妙斎）
【敵は幾万ありとても　すべて烏合の勢なるぞ
烏合の勢にあらずとも　味方に正しき道理あり】

ここで言う日本の「正しき道理」とは、「他国に軍隊を送り込んでその国の軍隊と戦い、支配地域を拡大して、（北海道でアイヌ民族から土地を奪って入植したように）大陸で地元民から土地を奪って入植し、日本を盟主とする大東亜共栄圏を建設し、（沖縄から黒糖と税を搾り取ったように）アジア諸国から資源と富を奪う事」を指していると思われる。少年たちが、この日本の「正しき道理」の矛盾に気が付くのは、悲惨な沖縄戦を経た敗戦後でしかない。

［9］日本人と沖縄人

台風の中の行軍教練から数日後、塾に来た忠幸君の顔はなぜか赤黒く腫れていた。塾が終わって、帰り際に呼び止めて、どうしたのかと聞くと、教練の時間に配属将校に殴られたという。配属将校が偉そうに威張っているので、友達が「台風のときになぜ行軍しなかったのか」と聞いた。忠幸君も横にいた。そしたら、「オキナワのくせに口ごたえするか、それでも日本人か」と、二人とも殴られたと言う。

「先生、沖縄も日本ではないですか?」と忠幸君が言う。

「そうか・・・しかし、ウチナーンチュもヤマトンチュも同じ日本人として、天皇陛下のために働く事が大切だ。我慢することがたいせつだ」としか、私は答えられなかった。

私が東京の高校に就職して教員一年目のとき、こういう事があった。ある日放課後、学生と雑談していて、先生はどこの出身ですかと聞かれたから、父親は北海道で母親は沖縄だと答えた。次の日そのクラスに授業に行くと、生徒達から「オキナワ、オキナワ・・・」のコールが起きた。その時、突然なにか、そのクラスの生徒達が知らない他人で、その生徒たちの映像が遠くに後退していく様な奇妙な感覚に襲われた。しかし、慎重な性格の私は、怒りはせず、右手を上げて苦笑するという地味なリアクションをとる事にした。ここで「メンソーレ」と言ったり、カチャーシーを踊ったりすると収拾がつかなくなる。その後も「オキナワ」コールは度々起きたが、生徒たちにも面白くないのが分かったのか、そのうち消滅した。しかしそれ以降、オレの授業に対する意欲は大幅に減退した。

たとえば日本人が鹿児島県人に「カゴシマ」コールをしても、鹿児島県人は傷つかないだろう。なぜなら、鹿児島県人は日本人から揶揄され蔑まれる対象ではなかったからだ。「鹿児島」を、沖縄以外のどの県に置き換えても同様だろう。しかし沖縄は戦前、多くの日本人から土人、二等国民と揶揄され蔑まれてきた事実がある。学生達にも多少その意味が分かるからこその「オキナワ」コールだった筈だ。

日本人と沖縄人との関係について、いくつかの考え方がある。

例えば、こうだ。

①日本人と沖縄人は同じ国民で平等

日本人と沖縄人は同じ祖先をもつという考え方を「日琉同祖論」という。その視点から、沖縄人も日本人と一体化して、日本のために働くべきだと考える。これは、日本人として沖縄人を利用できるので、日本政府としても都合の良い考え方だ。現にそういう考えで、沖縄の青年達が日本兵として大陸に出征し、日本人として戦い、命を落としている。この場合、日本人が沖縄人を「オキナワ」と言って蔑む行為は好ましくないはずだ。

①日本人と沖縄人は同じ国民だが平等ではない

戦前の日本では、法律こそ存在しないが、日本人は一等国民、沖縄人は二等国民という認識・発言は多い。二等国民の沖縄人を日本人と認めてやっているのだから、沖縄人が日本人に従うのは当然という考え方だ。だから、沖縄人が日本人に従わないと「沖縄のくせに」とか「それでも日本人か！」と言われる。従わない者が日本人ならば「それでも日本人か！」とは言われない。日本人に決まっている。

②日本人と沖縄人は別民族

戦後の教科書には「縄文時代」と「弥生時代」があって、縄文時代の低身長の日本人が、稲作文化の弥生時代になって、急に身長が高くなり頭骨の形や骨格も変化したと書いてあったが、最近の遺伝子ＤＮＡの研究では、「日本には、約一万六千年前から縄文人が住んでいた。約三千年前に別人種の弥生人が大量に流入し、縄文人と混合して、いまの日本本土の日本人になった。縄文人のＤＮＡはアイヌ民族と琉球人に多く引き継がれている」という結論が出ている。

これは、沖縄人は前からいた日本人の末裔、大和人は後から来た日本人の末裔という認識になり、大和人の立場が悪くなる。この時代こういう認識は危険思想とみなされ、思想犯として、特高警察に逮捕される事になるだろう。そういう歴史的事情を知らずとも、大和人と沖縄人の外見が違っているのは明白で、「日本人と沖縄人は別民族」というのは自然な感覚だろう。

この昭和十四年の時点で忠幸君たちに言える事は，①の「二等国民の沖縄人が一等国民の日本人に従うのは当然」という考えをもつ大和人達に、①の「同じ国民として平等であるべきだ。二等国民として沖縄を蔑むのは、日本のため、天皇陛下のためになるのか？」というタテマエ論で立ち向かうことだ。そうすると、；①の考えをもつ日本人達も多少はひるまざるをえない。

しかし、昭和二十年の沖縄戦当時になると、日本軍は①のタテマエ論で「沖縄県民も日本軍として大陸や南洋の各地で戦っている。だから同じ日本人として沖縄県を守るのは当然の義務だ」などとは言わず、；①の考えで、「一等国民の日本人が、二等国民の沖縄人を守るために来てやったぞ。感謝しろ！」と言いはじめ、実際に戦闘が始まると、②の日本人と沖縄人は別民族という考えで、沖縄の青壮年男子は外地に出征中で、沖縄に残るのはほぼ女子ども老人という状態の沖縄住民に対して、「お前たちの国はお前たちで守れ！」などと言い出し、沖縄の人々を米軍との戦闘の前面に立たせることになる。残念ながら、日本軍に限らず、人間というものは、その時その場所で自分に都合の良い考えを採用しがちなのは当然なのだろう。

人類の戦争の歴史は、このように国家・民族間に、互いに矛盾した言動を引き起こしてきた。そして、その矛盾した言動の応酬は、いまも世界各地で起こり続け、紛争の原因となっている。

数日後、例の土曜日の「職員会議」に出席するため、昼過ぎに大城宅を訪ねた。二中では、大風行軍に参加した教師が集まって慰労会をしようという事だったが、あの叫ぶ女が乱入した事件で中止になったらしい。叫ぶ女は、警察に逮捕されたらしい。大正デモクラシーは遠くなり、この時代、自由にものが言えない風潮は強まりつつある。教員に対しての思想取締りも強くなり「教員赤化事件」と新聞で書き立てられ、「アカ狩り」と称して、特高に逮捕され監獄に入っている教員もいるらしい。

大城氏が言う。「ああいう無茶な行軍は前代未聞。しかし今、校長や配属将校のやり方に文句を言うと、たいへんな事になる。不満をいうのはここだけにしてもらいたい」

「生徒達にあんな教練をさせるべきではない。しかも、将校本人は同行せずに校舎の中でのうのうと茶を飲んでいるとは何事だ！」

「まあ教練は必要だし、今回誰も怪我もなかったんだし、良しとしようよ」

「われわれが行き過ぎた教練に反対するのは、中学生は勉強に集中することが、結局、国や沖縄県の為になると考えているからだ」

「しかしなー、ああいう教練には反対だと、まともな事を言ったらそれでも日本人かと言われるだけだ！」

「日本人だよ、ウチナー日本人だと言ってやればいいじゃないか！」

「ウチナー日本人はヤマト日本人の家来か？」

「何かと言うと、この戦時体制の非常時に勝手なことを言うな！　だからなー」

「まあ我慢する他ないよ。ウチナーンチュもヤマトンチュと一緒になって戦っているわけだし」

「そもそも挙国一致とは言うけれど、ヤマトンチュがはじめた戦争に、なんでウチナーンチュが従う必要がある？」

「なにが聖戦だよ！　よその国に出かけて行って戦争をしているだけじゃないか！」

「軍人どもの手柄争いのための戦争ごっこだよ！」

「この戦争が良いか悪いかは、我々が判断するものではないだろう。日本人となっている以上、日本に逆らうことは沖縄にとって得にはならんよ」

「ヤマトンチュの言うとおりにして、得をした事があったか？　損してばかりだろ！」

「ああ、何も言えないなんて俺は悔しいよ！　俺たちはヤマトンチュのいいなりか！」

「あのカミダーリの言う事はまったく正しい」

「しかし、我々はあの女の様に軽率にものがいえない！」

「俺たちは見ざる言わざる聞かざるだよ、猿にならなければ刑務所行きだ！」

そこへ、大城氏の奥さんが階段を登ってきて、険しい顔でこう言う。

「みなさん、警察もこの辺に見回りに来ますよ！　おお事になったらどうするんですか？

そのくらいにしてください！」

そして誰も何も言わなくなり、「職員会議」は終了となり、みんなが暗い顔のまま帰っていく。帰り際に大城氏が私を呼んで、「S氏が私の話を聞き、邦南中学の教師として来てもらいたいという事だ。ついては試験という事ではないが、一週間後に邦南中学で数学・物理の授業をしてもらいたいという話だ」と言う。急な展開で驚いたが、有り難く引き受けると言った。


階下では、大城氏の奥さんが、皆に丁寧に頭を下げている。大城氏の奥さんが怖いのか、池原氏が私に隠れるように大城氏宅から出てくる。

「俺なんか、軽率すぎて、警察からアカではないかと目をつけられまくっている」

坂を下りてからも池原氏の愚痴はつづく。

「俺なんか、いつ赤紙がきて召集されるか分からん。二中の生徒も俺もヤマトンチュどもの命令を聞かないといけないなんて、世の中、間違ってるさー」

私は池原氏に、忠幸君が「それでも日本人か」と言われて殴られた話をした。

「しかし、何とかできないですかね。あの配属将校・・・」

「それは何とかなるかも知れんサー。あの配属将校を何とかしないといけないと思っているウチナーンチュはたくさんいる。沖縄にはそういう事を引き受ける連中がいる」

「何か方法があるんですか？」

「それについては詳しくは言えないが、沖縄には、そういうやり方を知っている空手の達人がいる。キミは何も言わない方が良い。・・・しかし、キミが邦南中学校に就職したら、金回りが良くなって辻に飲みにいけるな」
池原氏はそれから、辻の料亭の話しかしなくなった。

翌日から邦南中学校での授業の用意を始めた。まず文房具屋で模造紙を買い、参考書をもとに数学・物理の要点を、改めて大きく墨で書き、それを使って説明する事にした。これは、あの時代にいつも高校でやってきた授業のやり方だ。

その当日、私は模造紙の束を丸めて持ち、二中よりさらに南にある邦南中学校へ出かけた。二中よりかなり小さい校舎だが、真新しく大きな玄関を通って、事務員に案内され、教室に通される。校長と七名ほどの教師の前で、黒板の枠に押しピンで模造紙をはりつけ、数学・物理の要点を、次元の考え方を中心に、四十分ほどかけて説明した。

そのあと校長室に通され、いかにも教育者らしい風貌のS氏と面談した。
「新しい授業方法、新しい内容、たいへん感心させて頂きました。おうわさは大城先生からお聞きしていましたが、あのアインシュタイン博士の相対性理論にもすごい見識をお持ちだそうで、なるほど、現在休職中で、台湾のほうに就職する話もおありですか。そこを、お母様が沖縄の方だというご縁に免じて、是非、この邦南中学で教えていただきたい」と説得され、もったいぶっても仕方ないので、「自分も出来たら沖縄の生徒に教えたい。ただし、台湾のほうも、世話になった方の紹介なので、ずっと断る事も出来ない。臨時教員として採用してもらえないか」と言った。これは正式採用だと、いろいろ迷惑がかかるかも知れないと考えたからだ。S校長は快く了承してくれ、私は夏休み明けの九月から、邦南中学で数学や物理を教える事になった。

S校長は「しかし、先生は牧志のウガンジュに行かれて、与那原善行さん達にカミンチュ先生と言われているそうですね」と笑って言う。

「そうなんです。たいへんお世話になっています」

「まあ、沖縄にはいろいろと昔からの言い伝えが有りますから、ご理解のほどお願いします。それから二中の生徒達にも、ずっと塾を続けていただけると有り難い。実は、本校は設立時に、与那原善行さん達から多額の寄付をいただいております」

「分かりました。二中の生徒達にも、出来る限り教えるつもりです」

校長室を出ると、数学科や物理科の教員たちが待ち構えていて、質問攻めにあった。

帰り道、私は邦南中学に就職できた事で正直ほっとしていた。沖縄でホームレスという危機からは当分の間逃れることが出来た。しかし、ホームレスにならざるを得ない状況が来れば、できるだけ準備をして、北部ヤンバルの山奥に逃亡するしかないだろう。ハブに噛まれて死ぬかもしれないが、そのほうが、逮捕されて刑務所に入るより、そして軍隊にとられて、人殺しをするより（その前に殺されるだろうが）ましだろう。そして四、五年我慢して生き延びる事が出来れば、沖縄戦が始まり、北部へ避難してきた住民を、米軍や日本軍から助けることが出来るかも知れない。途中で大城氏宅に寄り、九月から邦南中学で教える事になりましたと礼を言おうとしたが、大城氏は不在だったので、奥さんに伝言を伝え、また出直しますと言って帰宅した。

善行氏に「九月から邦南中学で教える事になりました」と報告すると、善行氏も殊のほか喜んでくれ、その日はカマドさんが珍しく出してくれた泡盛で乾杯した。私はどうしても、あの叫ぶ女はどうなるのか気になるので、「あのカミダーリはどうなったんですか？」と善行氏に聞いてみると、ユタたちが警察署に行って、「あれは本心から言ったのではなく、カミダーリの状態で心にもない事を叫んだらしいので、どうか許してやってほしい」と頼んだそうだ。しかし、まだ拘置所に入れられているという。それから、善行氏はいつものように、二中の生徒たちが、カミンチュ先生の教え方に感心している事、親たちからも感謝されていて、それは私が先生を呼び止めてこの家に連れてきたおかげだ。先生はまさに龍神の使いのカミンチュ、私には見る目があるという話になった。

その後しばらくして、「あの二中の配属将校が辻のあたりで何者かに襲撃され、重傷を負って病院行きになった。足を骨折して歩けなくなったらしい」という事を、生徒達から聞いた。それが、池原氏が「沖縄にはそういう事を引き受ける連中（空手の達人）がいる」と言っていた事と関係しているのかどうかは分からない。生徒達は「シタイヒャー（ざまあみろ）」と、カチャーシーを踊りだすほど喜んでいたが、私は「そういう、人の不幸を喜ぶような態度は、学校でも何処でもするな。もっと慎重になれ」と言っておいた。しかし、内心では、私も相当嬉しかった。

［10］拝所の雨

夏休みも後半に入ったある日、午前中のうちに塾で勉強を教えて、いつものように昼前に外出した。雨が降りそうだと言うので、カマドさんが持たせてくれた番傘を持って、例のウガンジュの近くを過ぎて、大通りへ向かおうとしていた。少し雨が降り出したので番傘を広げた。

近くに若い女が一人で何かを捜すように歩いていたが、こちらの方に近づいてきて、「このあたりにウガンジュがあると聞いて来たんですが、ご存じないですか?」と聞いてきた。あまりに真剣な様子だったので、「こちらではないですか」と案内した。女性はあわてた様子で「有難うございます」と言って、ぎこちなく、ウガンジュの前に正座して、石を拝んでいる。女性は縦縞の地味な着物を着ている。小雨が降り続いている。雨の中で拝むのも大変だなと思って、女性に番傘をさしかけていた。この時代の女性は髪を前で分けてきつくなでつけ、後ろで丸めて櫛をさしている。

しばらくすると、女性は振り向いて顔を赤らめながらこう言った。「あの、たいへん不躾ですが、私は首里の坂下に住んでいる我謝《ガジャ》ナツと言います。知り合いのユタに、今日こちらに来て誰かに拝所《ウガンジュ》はどこかと聞いて、教えてくれた人を連れてきなさいと言われて来ました。突然でご迷惑とは思いますが、ユタのところに一緒に来ていただけませんか？」

私は、それを聞いて、たいへん困惑した。断るのも気の毒だと思ったが、さすがに「はい、行きます」とも言えない。とりあえず大通りにある食堂に誘って、十銭のそばをご馳走することにした。

我謝ナツさんは、緊張しているようで、はじめは言葉少なだったが、私が学校の先生で、東京から旅行で来ている事、ヤマトンチュではなく、母親が名護出身の半分ウチナーンチュで方言もだいたい解ると自己紹介すると、安心した様で、自分の事、家族の事、ユタの事を、鼻の頭に汗をかきながら、いろいろ話してくれた。

ナツさんは、大阪の紡績工場に女工として出稼ぎに行き、七年間働いて家に仕送りをしてきた事。先月、やっと沖縄に戻ってきた事。同級生はほとんど嫁に行ったが、自分はチュラカーギではなく、ハナビラー（鼻が平たい）なので、行き遅れている事。それで母親が心配して近所のユタに相談した事。そのユタは、むかし彼女の母親の結婚相手（ナツさんの父親）を決めた事。ユタが、「牧志に行って、『ウガンジュは何処ですか』と聞いて、教えてくれた男の人を連れてきなさい」と言った事。それで、今日はすごくチムドンドンして（どきどきして）、あの辺りに行った事。はじめ見たときヤマトンチュかなと思って、声をかけるのをやめようと思ったけど、顔を見たらウチナー顔だったので声をかけることにした、とか、・・・

どうやら、ナツさんは話し出すと止まらない性格らしい。

「よく言われるよ、ウチナー顔だって、ハブカクジャーと母親にも言われた。君はハナビラーではないし、どっちかと言うとチュラカーギだよ」と私が言うと、ナツさんが笑い出した。

「先生もハブカクジャーでなくて、上原謙（映画俳優）に似ている」とお世辞を言う。私もちょっと考えて、やっとこの時代の女優の名前を思い出して、「君も原節子に似ている」と言った。

「本当にそう思うなら、あなたの奥さんになってあげてもいいよ」と、ナツさんがおどけて言う。

私も笑って、「会ったばかりで、話が早いね。でも君の話は面白いから、良かったら明日もそばをご馳走させてもらうよ」と言って、その日は帰ってもらう事にした。

ナツさんはそばをほとんど食べなかったので、オレがその残ったそばも平らげた。ナツさんはそれを嬉しそうに見てから、帰って行った。

私は以前愚かにも、ある美女に告白してフラれた事がある。逆に、女性から告白に近い言動を受けてこちらから遠慮した事もある。結果、人は異性に対して愚かな勘違い行動をする事があるという結論を得た。美女に限らず、自分の思い込みで何かとつきあおうとする事には、必ず何らかのリスクを伴う。その点を考えて慎重に行動すべきだろう。ついでに言えば、いまオレにとっての「美女」は相対性理論だが、この場合はありがたい事に、分不相応だろうが、高望みだろうが、こちらが断らない限りおつきあいをしてくれる。何を言っているのかよく分からないが、要するにつまり「ナツさんは美女ではないが、かわいい」という事だ。

次の日、前日と同時刻に食堂に行くと、食堂の前の八百屋の横に、ナツさんがニコニコ笑って立っていた。一緒に食堂に入って、またもやそばを注文した。

ナツさんは「昨日は聞き忘れて、先生は何処に泊まっているの?」と聞く。

私が、ウガンジュで爺さんと出会ったこと、爺さんが勘違いしてカミンチュだと言って、爺さんの家に居候する事になって、その家の子や同級生の二中の生徒に勉強を教えている事を伝えると、ナツさんは、「カミンチュ? やっぱり?」と大笑いする。実は今朝もユタに、昨日はこれこれだったと報告したら、ユタのお婆さんが「その人はカミンチュかも知れない」と言ったというのだ。

ナツさんの話は止まらない。彼女の家は、ユタに紹介された父親がほとんど仕事をしないサキジョーグー（酒上戸）で、母親が畑の芋とか人参とかを売って暮らしていること。またその父親が、ヒネクレ者で、ナツさんは春に生まれたのだが、父親が「ハル」はありきたりだと、「ナツ」と名づけたそうだ。そのサキジョーグーでヒネクレ者の父親が働かないせいで、ナツさんは十五の歳から大阪の紡績工場に働きに行き、弟や妹のために仕送りをしてきた事。「オキナワ」と言われてナイチャーにいろいろ意地悪された事。仕事が大変だった事。病気になり亡くなった仲間もいた事。それでも七年間頑張ってきたせいで、弟や妹がやっと学校を卒業できた事。


「ナツっておかしな名前でしょ？」

「ナツって良い名前だよ、個性的で」

「なにそのクセイテキって？」

「コセイテキだよ、人と違う良いところっていう意味だよ」

「なんか難しい事を言うね、やっぱり先生だ」

「本に書いてあった言葉を憶えているだけだよ。君が紡績の仕事を憶えているのと同じだ」

「ふーん。という事は私も紡績の仕事だと、先生になれるかな」

「そうだ、どんなことでも、出来ない人には出来るようになるための先生が必要だ。自転車に乗るのも、数学が出来るのも、偉い偉くないの違いではなく、それが好きか嫌いかの違いだと思うよ」

「で、先生は数学が好きなんだ」

「そうだな、ナツさんの次に数学が好きだ」

「うーん、うまいこと言うさー。これまで何人の人とお付き合いしたの？」

「付き合ってないよ、ナツさんがはじめてだよ。ふられた事はあるけどね」

「どんな人にふられたの？」

「あまり話した事がない人だったが、なんか気になって数年かぶりに会いに行ったら、きっぱり断られた」

「ふーん。そうなんだ」

「オレの勘違いだから笑うしかないよ。それからは勝手な勘違いをしないように気を付けている」

「私は勘違いではなく、本当に先生と結婚しても良いと思ってるさー」

「にふぇーでーびる（ありがとう）」

「なにそれ、私と結婚するっていう事？」

「だから、まだ昨日会ったばかりだから、話が早すぎるよ」

私は笑いが止まらなかった。

ナツさんが窓の外を見て、急に落ち着かない様子になった。

「ごめんなさい。おかあさんが来てる」

昨日のことを聞いたナツさんの母親が心配して、様子を見に来ているらしい。いかにも沖縄のおばさんらしい日焼けした顔のナツさんの母親が、食堂の前の八百屋にいる。何か買っている風だが、時々こちらと目が合う。


私はすぐに、挨拶してくると言って食堂を出て、ナツさんの母親に一礼して近づき、「はじめまして、斎藤と言います。お嬢さんと牧志のウガンジュで偶然お目にかかり、昼食をご一緒させていただきました。よろしくお願いします」と言った。ナツさんの母親は、驚いた様子で、「これはご丁寧にありがとうございます。ナツの母親です。こちらこそよろしくお願いします」と深々とお辞儀をする。

「ご一緒にいかがですか?」

「いえいえ、娘がご馳走になり、私までは・・・」

「どうぞどうぞ、娘さんの話が面白いので昼食に付き合っていただいています。お母さんもどうぞ」

母親は安心したらしく「よろしければ、今度ウチへお越しください」と言って帰って行った。

食堂に戻るとナツさんが恐縮して、「ごめんなさい。おかあさんが心配症で」と言う。

「あたりまえだよ、大事な娘が知らない男とそばを食ってたら、心配するよ」

「すっごい働き者で、毎日畑仕事で市場とかでも働いてて、顔も真っ黒でしょ」

「いやいや、ウチの母親も働き者でイルクルー（色黒）してたよ」

実際私が記憶している若い頃の母親は、炎天下で働き、顔が真っ黒だった。

「先生のお父さんはどんな人？」

「それが、私が小さい頃に行方不明になって、ほとんど顔も覚えていないんだよ。だから、母親がひとりで育ててくれた。大学にも行かせてくれた」

「すごい立派なお母さんなんだね」

「そうだよね。ナツさんのお母さんと似てるよね」

「あっそれから、ユタが先生を明日お連れしなさいと言ってるんだ。来てくれる？」

慎重な性格の私は考えたが、時間を持て余しているし、ナツさんの家に行って挨拶するのはまだ早いが、ユタの家に行くのはそんなに問題はない、と判断して、明日ユタのところに行く事を約束した。


帰り道で考えた。ナツさんの父親はサキジョーグーでヒネクレ者らしいが、私にはほとんど父親の記憶が無い。行方不明の父親は、それ以来母親とも音信不通らしい。母親は確かにナツさんの母親の様にイルクルーになるまで懸命に働いて、私を大学に行かせ、癌になって手遅れで、昨年亡くなった。そういえば、この世界の今は昭和十四年、母親の生まれた年はたしか昭和十三年。この時代、私の母親はもう生れているはずだ。実家は名護だと聞いている。しかし、会いに行ってどうなるものでもない。小さな赤ん坊に「私はあなたの子どもです」と言えるわけがない。しかし、祖父と祖母は、今どんな暮らしをしているのだろう？　祖父は中国大陸で戦死している。この年にはもう出征しているのだろうか？　祖母は若い姿で、子どもたちを育てているのだろう。

祖母は十年ほど前に沖縄の病院で亡くなった。私が見舞いに行ったのは、大学に合格した春休みだけだった。小さい頃、育ててもらったのに不義理をしたと今でも後悔している。祖母は、友達が多く、面倒見がよく、話好きで、よく笑う、陽気な人だった。今思い出しても楽しそうな笑い顔しか浮かばない。しかし、「対馬丸」の話になると人が変わったように辛そうだった。長女のテル子を対馬丸に乗せようとしたとき、大変嫌がっていたそうだ。それでも、お母さん達も後からすぐ行くからと、無理やり乗せてしまった。祖母のいとこの女性が子どもと一緒に乗船したので、テル子を頼んだ。あとから聞くと、対馬丸が沈没したとき、いとこの女性は自分の子どもを助けるのが精一杯で、テル子から手を離してしまったそうだ。自分も一緒に行けないなら対馬丸に乗せなければ良かった。この時だけは、祖母は顔を背けてこちらを見なかった。多分泣いていたと思う。

例のウガンジュの前を通ったときにある考えが浮かんだ。

おばあさんの長女、つまり母親の姉のテル子おばが、学童疎開で「対馬丸」に乗船するのは、沖縄戦の始まる前、昭和十九年か二十年だろう。もしかして、私がタイムスリップして、この時代に来たのは、名護の実家に行って、祖父や祖母に、子どもを「対馬丸」に乗船させるなと、伝えるためなのか？　そうすれば、テル子おばは助かるのではないか？テル子おばが生きていれば、祖母もあんなに悲しまずに済む。母も独りぼっちにならず、ずいぶん心強かったのではないか。

しかし、慎重な性格の私は考えた。本当にそれで良いのだろうか？

「自分の身内さえ助かれば良い」という考えは正しいと言えるだろうか？　テル子おばが「対馬丸」に乗らずに助かったとしても、「対馬丸」に乗りこむ他の大勢の子どもたちを助けることは出来ない。かわりに他の子どもが乗り込んで犠牲になる可能性さえある。それは、自分の子どもを助けるために、テル子おばの手を離した、いとこの女性と同じ行為ではないか？

できるとも思えないが、「対馬丸」そのものを出航させないとしたら、・・・アメリカの潜水艦の攻撃目標が「対馬丸」から他の船に変更されるだけで、「対馬丸」のかわりに他の船が沈没してしまう可能性がある。

学童疎開船のすべてを出航させないとしたら、・・・沖縄を脱出できなかった学童が沖縄戦に巻き込まれて、さらに被害が大きくなるだろう。完全に行き詰まっている。

［11］対馬丸

新しい制服を来た新一年生の少女が、母親や小さな妹弟たちと一緒に、那覇の埠頭に歩いてくる。まわりには同じような小学生や見送りの家族が、大勢つめかけている。沖に停泊しているいちばん大きな船の前のほうには「対馬丸」と書かれている。少女は、泣き出しそうな顔で「船に乗りたくない」と母親に言っているようだ。

「お母さんたちは乗れないんだよ、小さな子がいるから」

「あの船は大きいから安心だよ。お母さんたちも、あとの船ですぐ行くからね」

「あのおばさんにお願いしてあるからね」

「○○さん、テル子をお願いしますね。後の船ですぐに私達も行きますから」

「はい、大丈夫、私の子どもも一緒だからさ」

少女は、不安そうな顔で、母親のほうを振り返りながら、そのおばさんの子どもと一緒に、手を引かれて連絡の船に乗り込んだ。対馬丸に到着し、おばさんに手を引かれて揺れるタラップを登り、ようやく高い甲板まで上がってきたが、小さいので手すりの上から顔を出すことが出来ない。少女は手すりの隙間から、港の大勢の見送りの人を見ている。

「ボォー」という汽笛を鳴らして船が出港する。遠くでドラの音がかすかに聞こえる。大勢の見送りの人の姿がだんだん遠くなり、港も小さくなって見えなくなる。少女は、おばさんに手を引かれて、船室へ降りていく。船室では、おばさんが子どもと話をしている。少女は船室の小さな窓から外を見ている。波が立つ灰色の海の向こうに、かすかに沖縄の島影が見える。

夜になり、みんなが横になっているとき、突然ドーンと大きな音がして、船が大きく揺れる。船内に「全員避難せよ!」の声が響く。みんなが船室から飛び出していく。少女も、おばさんの子どもと一緒に、傾きかけた階段を甲板へと登っていく。他の人達に押されながらようやく甲板にたどり着いた。船はもうかなり傾いていて、子どもでは動けない。満員の救命ボートは波で転覆する。おばさんは子どもと少女の手をひいて、傾いた甲板から暗闇の中の海に飛び込む。「船から離れろ」と言う声を聞くが、泳ぐことは出来ない。そして、おばさんは右手でつかんでいた自分の子どもは離さなかったが、左手でつかんでいた少女の手を離した。おばさんと子どもは海に漂う板にしがみついて泳いでいく。

少女は取り残され、沈没する船の渦に巻き込まれ、暗い海へと沈んでいく。深く深く真っ暗な海の底へと沈んでいく。水が鼻や口に入り息が出来ず、心の中で叫ぶ。「おかあさん」そのとき少女の目にキラキラした光が見えた。そしてあたりは何も見えなくなる。

☆―　☆―　☆―　☆―　☆―　☆―　☆―　☆―　☆―　☆―　☆―

しばらくすると、光は薄れてゆき、少女はぼんやりと明るいところにいた。

どうやらそこは原っぱのようだ。少女は驚いてあたりを見まわす。

まわりには白い花がたくさん咲いている。乾いた土の道が目の前に続いている。

少女が立ち上がって、その道を歩き始めると、

向こうからお婆さんが駆け寄ってくる。

「テル子！」

少女はすぐに、そのお婆さんが母親だと気づく。

「おかあさん！」

お婆さんは少女を抱きしめて言う。

「ごめんよ、ひとりで船にのせて、ごめんよ。お母さんが一緒に行くからね」

お婆さんは、紙袋からサーターアンダギーを取り出し、少女の口にいれる。

「おなかすいたろ、さあカメー」

少女は、口いっぱいにサーターアンダギーをほおばって笑う。

「ほれガチマヤー、ゆっくり食べるんだよ」
それから二人は手をつないで、川沿いの乾いた土の道を歩き出す。
お婆さんは少女の手をきつく握っている。
あたりには黄色い花を咲かせている木々があり、風に吹かれて花びらが落ちてくる。
少女は、「おかあさんと一緒でうれしい」と言う。
お婆さんは泣きながら、「おまえが一番だいじだよ」と言う。
ふたりが手をつないでしばらく歩いて行くと、道の先にウガンジュが見えてくる。
ウガンジュの石の前には、大勢の人達が集まって、ひざまずいて拝んでいる。
お婆さんと少女が通りかかるが、誰も気づかないようだ。
お婆さんが「拝んでいこうね」と少女の手を握って、ウガンジュに近づいていく。
そのとき、ふたりの周りにキラキラした光が見えはじめる。
そして、その光に包まれて、ふたりの姿は見えなくなる。

―☆　―☆　―☆　―☆　―☆　―☆　―☆　―☆　―☆　―☆

それからしばらくして、少女はウガンジュの前ではなく、自分がお母さんと手をつないで、縁側で寝ていることに気づく。

ここは自分の家だ。小さな妹や弟も近くですやすやと眠っている。

そして、手をつないでいるお母さんは、お婆さんではなく、前のとおりの若いお母さんだった。少女は小さな声で「おかあさん」と呼ぶ。

お母さんは目を開けて笑って、「ぬーが、ヤーサンヤー、マッチョーケヨー」と言って起き上がり、台所の籠の中からふかし芋をもってきて、少女の口にいれる。

少女は、口いっぱいに芋をほおばって笑う。

「ほれガチマヤー、ゆっくり食べるんだよ」

［12］坂下のユタ

次の日、食堂でナツさんとそばを食べた後、（その日はナツさんもそばを全部食べた）ユタのところへ行くことにした。若い女性と一緒に歩くのは、この時代目立つので、ナツさんのかなり後を離れてついて行く事にする。日傘をさしたナツさんは、時々振り返りながら軽い足取りで歩いていく。安里川にかかる石橋を渡り、畑の中のだらだら坂を上る。

ここは先日台風の日に二中の生徒達が上って行ったのと同じ坂道だ。今日は晴れ渡った青空の下、たくさんの人、リヤカーを引いた馬が往来している。馬の鼻息、パカパカという蹄の音で賑やかなものだ。だんだん見晴らしが良くなり、行く手の高台に首里城の石垣が見え、遥か後ろに那覇の街や海が広がっている。少し右に曲がった道の先に観音堂という寺が見える。その手前に、赤瓦や茅葺き屋根の家々が集まっているところが首里の坂下で、ナツさんの家はそれより坂を少し上がった所だという。

ナツさんは、坂下の集落の一軒の小さな茅葺きの家に入っていく。しばらくして出てきて、手招きをする。ここがユタの家らしい。玄関に入ると、ふたりのお婆さんのユタが、三つ指をついて待っていた。

「はじめてお目にかかります、斎藤といいます。お呼びいただいて有難うございます」と挨拶すると、かなりの高齢らしいユタが顔を上げて私の顔を見て、深々とお辞儀をして、「メンソーチ・・・」と、「おいでくださって、有難うございます」という意味のウチナーグチで挨拶された。言っていることは、私の祖母のセツおばあさんの丁寧なウチナーグチと似ているので、理解できた。ナツさんは、ユタに何か言われて家に帰されることになり、私は「また明日そば屋で待ってるよ」と言い、ナツさんは笑顔でこちらを振り向きつつ、帰っていった。

小さな客間に通され、（ここには天皇夫妻の写真はなかった）盆にのせて出されたお茶をいただき、まず生年月日を聞かれたので、逆算して大正二年・・・と答えた。家族について聞かれ、母親は去年亡くなり、父親とは小さい頃に生き別れたと答えると、高齢のユタが突然、「もしかして、お父様の名前は勇造さんですか？」と言い出したのには驚いた。これは何か調べる方法でもある・・・わけは無いな、そもそも私はこの時代の人間ではないし、と驚きつつ、嘘をつく理由もないので正直に「そうです。しかし何故分かるんですか」と聞くと、若い方のユタが木箱から一枚の写真を取り出し、オレに見せてこう聞いた。「この左端に写っている人は、あなたのお父様ですか？」その写真には馬車と五人の男たちが写っていて、左端の男の顔は多少老けてはいるが、家にあった写真の父親の顔と一致していた。「そうだと思います」と驚きつつ答えると、高齢のユタは窪んだ目を輝かせながら、

「あなたのお父様の勇造さんがここへ来られたのは二十年ほど前になります」と、話をはじめた。

勇造は、二十年ほど前、この坂下近くに住み始めた。運送屋（荷馬車）の手伝いの仕事をしていた。顔や言葉つきがヤマトンチュなので、最初はみんな警戒していたが、腰が低く、愛想も良く、よく働くのでだんだんみんなから信用される様になった。独り者だった。どこから来たのかと聞かれると、「北海道で仕事も無くて寒いから、沖縄に来た」と言っていた。勇造は、ふだんは優しい人だったが、ヤマトンチュに会うと何故かけんか腰になった。どうして、ヤマトンチュなのにヤマトンチュと喧嘩するのか聞くと、「あいつ等はろくでもないやつらだ。絶対信用できない」と怒っていた。勇造は、沖縄で「ソテツ地獄」と言われる不景気で運送屋がつぶれたあと、海運会社に勤めはじめて、熱心に沖縄の人の海外移住を薦めていた。ある時、サイパン島への移民募集に反対して、海運会社のヤマトンチュー達と喧嘩になり、大怪我をして、まもなく亡くなった。十年ほど前のことだ。亡くなる前に、勇造はユタにこう話した。

「私は、三十年後の世界から、牧志の拝所に飛んで来た。向こうの世界には妻と子どもがいた。沖縄にはこの先恐ろしい事が起こる。アメリカがたくさんの軍艦で攻めてきて、爆弾と大砲の弾の雨を降らせる。沖縄は焼け野原になる。たくさんの人がアメリカやヤマトンチュに殺される。沖縄の人は、今のうちに、本土や南米に移住してほしい。（その頃にはハワイや北米には排日移民法で移住できなくなっていた）サイパンや満州へは行くな。みんな殺されてひどい事になる」

それを聞いたユタたちは、勇造こそが、昔からの言い伝え通り、牧志のウガンジュに龍神の使いとしてあらわれた神人《カミンチュ》だったことを理解した。そして、勇造が亡くなった後、ユタたちは勇造が三十年後の世界から飛んで来たという牧志の拝所《ウガンジュ》に、ときどき人をやって、いつかまた、カミンチュが遠い世界からやって来るのではないかと探していたという話をした。

父親は私と同じように、あの牧志の拝所にタイムスリップして、二十年ほど前、この世界にやって来ていた！　三人の爺さんたちが話していた「外国の映画に出てくるような服装の男」とは、父親の勇造の事だった。父親はどうやらこの世界で、彼なりの役割を果たす生き方をしていたらしい。

ユタは言う。私たちは世の中の流れを変えることは出来ない。勇造さんに「戦争が起こる。アメリカが攻めてくる」と教えてもらったが、それを止める力はない。「沖縄は戦争になるから、本土や南米に移住しなさい」という事をみんなに知らせる事も出来ない。そういう予言をすると、よからぬ事を伝えて世を惑わす者として警察につかまって、牢屋に入れられ、何も伝えられなくなる（実際、ユタの中には、占いで流言飛語を語り人心を惑わすという理由で逮捕され、自殺した者もいるという）。私たちに出来るのは、相談に来た人々から、名前、生年月日を聞いて、「あなたは沖縄にいるよりも本土や南米に移住した方が良い」と占い師の真似事をするだけです。神様は、人がその時その場で出来る限りのことをする事を望んでいます。あなたも、勇造さんと同じように、龍神の使いとして遠い世界から来られたようです。どうか、これからの世に起こる「未来」を伝えて、私たちに何が出来るかを示してください。

そう言われて、慎重な性格の私は考えた。そして考えて、まず自分がどういう経緯でこの世界に来たかを正直に伝え、それから、ユタの言うとおり、出来る限り詳しく沖縄や世界の「未来」を伝えることにした。

「私は昭和62年に東京で高校の教師をしていた。夏休みで沖縄に旅行に来た。牧志のウガンジュの石の上に座っていたら、キラキラした光が見えてあたりが見えなくなり、次に見えたのが昭和14年のこの世界だった」

「もうすぐヨーロッパで第二次世界大戦が始まる。ドイツのポーランド侵攻、イギリス軍がダンケルクで敗退、ドイツがフランスのパリを占領。しかし多分次の年ドイツがソ連に侵攻する。ドイツはスターリングラードで敗退し、ソ連の攻勢がはじまる。アメリカ・イギリス軍がノルマンジーに上陸しフランスを開放する。昭和20年にはドイツは滅亡し、ヒトラーは自殺する」

「昭和16年12月、日本はハワイの真珠湾を奇襲してアメリカと戦争になる。日本軍はフィリピン・ベトナム・タイ・ビルマ・南洋の島々などを占領するが、太平洋のミッドウェーの海戦、インドのインパール作戦が失敗し、その後日本軍は敗戦を重ね、撤退していく。日本軍はインドネシア、フィリピン、サイパンで敗退し、とくにサイパン島では、沖縄出身者がほとんど死ぬことになる」

「沖縄戦の前、たしか昭和19年、本土出身の日本軍が沖縄に駐留する。そして沖縄県民の本土への疎開が始まる。多くの輸送船が短期間に民間人を移送する。その中で「対馬丸」という学童疎開船が、アメリカ潜水艦の魚雷攻撃で沈没し多くの犠牲者がでる。対馬丸以外は、ほぼ沈没していないと伝えられている」

「昭和20年3月か4月に沖縄戦がはじまる。アメリカは中部の嘉手納辺りに上陸する。日本軍はアメリカ軍が日本本土に来るのを遅らせるため、沖縄での持久戦を選択する。アメリカ軍は大量の砲弾を撃ち込み、日本軍は、首里の陣地を放棄し、南部へと撤退をはじめ、住民をまき込んでいく。南部に避難していた住民は壕から追い出される。それに逆らう者は日本軍に殺される。15歳以上の少年が学徒兵として、女学生が看護隊として、南部に連れて行かれ、多くが死亡する。最南端のマブニの丘で日本軍の司令官が自決し、沖縄戦は終わるが13万人以上の沖縄人が死ぬことになる」

「昭和19年頃からアメリカは日本本土を空襲し焼夷弾で多くの死者が出る。とくに東京は大空襲を受け多くの死者が出る。昭和20年夏にソ連が満州に侵攻して、軍に見放された民間人が取り残され、多くの犠牲が出る。昭和20年8月広島、長崎にアメリカの新型爆弾が投下され数十万人の死者が出る。8月15日、日本は無条件降伏する。日本は米軍に占領されるが、すぐに講和条約を結んで独立し、経済復興する」

「沖縄は米軍に占領されるが、危害を加えられることは少なく、食糧などの援助を受ける。が、米軍基地建設のため多くの土地を強制的に取り上げられる。昭和45年頃に沖縄は日本に復帰する。しかし、米軍基地が本土から移転して沖縄に集中する事になり、その問題は続いている」

私は茶を飲みながら、頭を絞って、思い出せる「未来」のすべてを話した。これを、若い方のユタがノートに書きとめ、私に見せて間違いがないかと聞く。私はノートを見て、言い忘れたことを追加する。それを数回繰り返して、私は知っている限りの事をユタに伝えた。フーチバージューシー（よもぎ雑炊）をいただき、休憩をはさんで、もう一度ノートを点検して、たいせつな事がすべて書いてあるのを確認した。

そして、ユタはこう言った。「教えてくださって有難うございます。私たちはあなたにご迷惑のかかることはしません。あなたの名前も、ここに書いた事も、世間に出すことはしません。ただ占い師として、相談に来た人々の名前と生年月日を聞き、ひとりひとりを災難の少ないほうへ導きます。しかし、時が来たら、勇造さんやあなたに教わったように、南部には避難しないで北部へ避難しなさい、とみんなに伝えるつもりです」

つぎに、ユタは目を細めてこう言った。「あなたは、本当に遠くからおいでになった。あなたには神様から託された役割があります。いま私たちに未来に起こる事を伝えるという一つの役割を果たされました。次にあなたがする事は「対馬丸」のことを、あなたのおじいさん、おばあさんに伝える事です。お父様の勇造さんも、あなたのおばさんが「対馬丸」に乗船して亡くなったのを知っていました。しかし、その頃は、あなたのおじいさん、おばあさんもまだ子どものはずで、捜す事も伝える事もできないという事でした。あなたは分かっていますね。ただ、それが他の人々にとっても良い事なのかを考えておられる様です。しかし心配しないで、神様から託されたことをおやりなさい。ひとりを救う事が、みんなのためになる。亡くなった多くの人々もそれを望んでいます」

「それから、あなたは向こうの世界から来て、こちらのお金を持っていない筈です。これを持って行きなさい」と言って、ユタはふくさに入った札束の包みを差し出した。

「このお金は私の財産の半分です。どうかあなたの役割を果たすために使ってください。あなたにはあなたの役割、私たちには私たちの役割があります。神様がその役割を認めてくださるなら、それは実現します。どうか迷いなくこれを使ってあなたの役割を果たしてください」

私は呆然としたが、ユタの刺青のあるしわくちゃの手で、札束の入ったふくさを、手で包み込むように渡されて、礼を言うほかは無かった。私がユタの家を出て、坂を下りていき、与那原家に戻ったのは、那覇の街のあちこちに小さな灯がともり、空に月と星が見え始める夕暮れ時だった。

［13］名護への旅

翌日、善行夫妻に「名護の親戚に挨拶に行くので、明日朝早く出て、帰りは遅くなります」と伝え、塾の生徒達にも「用事で名護に行くから、明日は塾を休みにする」と伝える。「えっ、明日は休みですか?」と生徒たちが微妙な顔をするので、「そのかわり、あさって塾に来たら名護の饅頭か何かを土産に出す」と言ったら、ガチマヤーの中学生達は大喜びしていた。塾で教え終わってから、映画館近くのあの質屋に出かけて行き、ユタからもらった札束(二百円あった)から十円を支払って、銀製の腕時計を取り戻してきた。この腕時計を名護にいるはずの祖父に渡して、少しでも信用してもらおうという思いつきだった。

そのあと、いつもの食堂に行くと、ナツさんがいつもの様に食堂の前で待っていた。食堂のおばさんがいつものように愛想よく、注文したそばを運んできてくれた後で、ナツさんは少し浮かない顔で「ユタはなんと言ってたの?」と私に聞く。「あなたはカミンチュかも知れないから、生徒達にしっかり勉強を教えなさいと言われた」と答えておく。それを聞いたナツさんはがっかりした様子で、「あの先生はカミンチュかも知れないが、あちこちへ旅行するという運気を持っているので、あなたの婿になれるかどうかは分からないと、ユタに言われた」と言う。「うーん・・・」オレは言葉に詰まった。

「沖縄にいたらどう？　東京より暮らしやすいでしょ？」

「うーんどうかな、仕事が決まれば、沖縄に住んでも良いけどね」

「どこかに就職できないの？」（この時私は、邦南中学に就職する事よりも、ユタに貰った金を使って、ナツさんを含めて、これまで知り合った人々を、例えば南米などに移住させる事が出来ないかと考え始めていた）

「話は有るんだが、決まってはいない。そうなる様に頼んでみるつもりだ」

「沖縄で先生が出来ると良いね」

「それから、明日名護の親戚に会いに行くんだ。ちょっと頼まれ事があって」

「それなら、私も行く！」

　オレは名護に行って対馬丸の話をしないといけない。ナツさんを連れて行くと「対馬丸」の説明に困る。楽しいだろうが、仕方なく断ることにした。

「ちょっと複雑な事情がある話なので、ひとりで行ってくるよ・・・それから、帰ってきたら君の家に行って、ナツさんとお付き合いしますと、ご両親に挨拶したい」

「・・・・・」ナツさんは突然のことに言葉がなくなり、下を向いてしまった。

「あっ、原節子に似ている！」

「そういう先生も上原謙に似ている！」と、ナツさんは涙声で言う。

「ハブカクジャーの上原謙だね」

「それなら私も、ハナビラーの原節子」

その次の日の早朝、私は、善行夫妻に「ンジ、メンソーレ（では、いってらっしゃい）」と見送られて、与那原家を出発した。私の祖父島袋健三の家は名護にある。そして今は昭和十四年、母は一歳の赤ん坊、テル子おばさんも小さな子どもで、学童疎開で「対馬丸」に乗るだいぶ前のはずだ。私が名護に行って、なんとか、テル子おばさんが対馬丸に乗らないように、祖父や祖母に伝える事が出来るかもしれない。

泉崎の那覇駅から四十銭の切符を買って、7時40分発の沖縄県軽便鉄道（ケービン）に乗って嘉手納まで向かう。おもちゃかと思うほどの小さな蒸気機関車で、三両の客車を曳いている。客車の中は長椅子が両側にあり、早朝なのに吊革に掴まっている客もいる満員状態だ。サトウキビ畑の中をゴトゴト揺れながら、約1時間で嘉手納に到着する。

嘉手納から9時30分に古いボンネット型の小さなバスに乗って名護に向かった。後ろに丸いタンクをつんでいて、薪ガスで動くらしい。青い制服を着た女性の車掌が乗っていて、笑顔で五十銭の切符をきる。そういえばあの世界でも小さい頃、バスや電車に車掌がいた記憶がある。バスは二人掛けの椅子が両側に四つずつ計十六人乗りで七人の客が乗車していた。道路はガタガタで土埃が舞い、沿道には刈り取られた田んぼやさとうきび畑と家々が点在している。恩納村での途中休憩をはさんで、長く続いた海沿いの道から、山の中の坂道を抜けて、バスが名護の町に着いたのは11時頃だった。

到着した名護の町は想像していたより大きく広がっていた。大きなガジュマルのある停留所でバスを降り、私のオジー、島袋健三氏の家を探す事にする。祖父の家の住所も分からず、何処にあるのか見当もつかないが、交番で聞くのは職質をされに行くようなものでまずい。東側南側は山と段々畑で民家はない。まずバス停から少し道を引き返し、南の方から周辺部を歩いていき、北の方へ順に尋ねて行く事にする。

畑の中に石垣に囲まれた小さい茅葺きの家々が点在している。鶏や豚の鳴き声がする坂道を下って、浜辺の方へ降りて行く。時々外にいる人を見つけて「島袋健三さんのお宅をご存じないですか?」と聞きながら歩いていく。坂道をしばらく下っていくと白い砂浜が続く海岸に出る。海は、岸に近いコバルト色から珊瑚礁の向こうは藍色に広がっている。小さな船が沖に数艘見える。浜辺には誰もいない。昼日中に浜辺で遊ぶ習慣など、この時代にはないのだろう。それから浜を離れて、下りてきた道とは別の坂道を上って行く。この時分、たぶん女子ども老人しかいない家に入って聞くと、不審者と思われそうなので、とにかく違う道を通っては、外にいる人を見つけて「島袋健三さんのお宅を・・・」と聞きながら歩いていく。

そういう事を五、六回繰り返したあと、共同井戸を見つけた。そこで野菜を洗っているおばさん達に頼んでひしゃくで水をもらう。ここでも、「島袋健三さんの・・・」と聞いたが、ここら辺にはいないという事だった。礼を言って歩き出す。それからまた坂道を上がったり下がったりを七、八回繰り返した。そのとき、遠くからオルガンの音色が聞こえてきた。その方向に歩いていくと、ガジュマルが並んでいる道の先に、小さなキリスト教の教会を見つけた。周りの石垣の上に子どもたちが座っている。聞こえてくる賛美歌に合わせて歌っている子どももいる。

私はその光景を見て、ある事を思い出した。去年亡くなった母の葬式のときの事だ。沖縄から親戚の高齢の女性が来ていて「お母さんは小さい頃キリスト教の教会の近くに住んでいて、テル子おばさんと一緒に、石垣に座って賛美歌を歌っていた。今ごろまた一緒に歌っているかも知れないね」という話をしてくれた。

私はしばらく動けなくなった。母はまだ赤ん坊なのでここにいるはずも無いが、母のいる家は、確かにこの近くのはずだ。

私は、そっとその場を離れ、教会の近くの路地で鶏にえさを撒いているおばさんに、「島袋健三さんのお宅をご存じないですか?」と聞いてみた。すると「健三さんの家だったら・・・」と、おばさんが鶏のえさの駕籠を手に持ったまま、途中まで案内してくれて「あの道を行って左手ですよ」と教えてくれた。やっと祖父の家の場所が判明した。

教えられた道を行くと、すぐに、私のオジー島袋健三の家に到着した。石垣に囲まれた小さな茅葺きの家で、その軒先で洗濯物を干していた女性がこっちを見ている。眉毛の太いところに見覚えがある。あれは若いときのセツおばあさんに違いない。私は近づいて、パナマ帽を取って、丁寧にお辞儀をしてこう言った。

「おそれいります、島袋健三さんのお宅でございますが」

セツおばあさんは、驚いた様子で「そうですか？」と答える。

セツおばあさんは背中に赤ん坊を背負っている。たぶんあれが私の母親だろう。赤ん坊はよだれを出しながら、私の顔を珍しそうに見ている。

「もう少しで、お母さんと言いかけた」というような事は全然なかった。ここで母と子の感動のご対面をしている場合ではない。

そこで私は、セツおばあさんにこう言った。

「私は、島袋健三さんのお世話になった者の息子です。この腕時計を島袋健三さんにお届けするという用事を頼まれて、那覇から参りました」

「どちらさまですか？」

「たいへん申し訳ないのですが、それは言わない約束で参りましたので、申し上げられません。父は島袋健三さんに大変お世話になった者です。どうかこの時計をお納め下さい」

そのとき、セツおばあさんの後ろにいた女の子が、急によちよち歩いてきて、私の足に抱きついた。

「ええっ」と驚いたが、女の子は両手でひざに抱きついたまま、私の顔を見上げてニコニコ笑っている。この人懐っこい女の子は、たぶんテル子おばさんなのだろう。セツおばあさんが「だめだよ、すいません」と言って、女の子を引き戻す。事情が分からないという顔をしているセツおばあさんに、とにかく腕時計を渡すことができた私は、次に、出来る限りはっきりした声でこう言った。
「それから、父から島袋健三さんに大切な伝言があります。意味は私にも分かりませんが、子どもを対馬丸という船に乗せないようにしてください、という伝言です。どうか、この事を、ご主人にお伝え下さいという事です」

　言い終わったその時、あの牧志のウガンジュで見たキラキラした光が目の前に見えはじめた。幾何学模様の光は急速に増え、セツおばあさんや子どもたちや小さな茅葺きの家が、だんだん霞んでいく。ああ、タイムスリップするんだなと思った私は、あわててもう一度
「**子どもを対馬丸に乗せないようにしてください！**」と叫んだ。
・・・そして、あたりは全く見えなくなった。

☆—　☆—　☆—　☆—　☆—　☆—　☆—　☆—　☆—　☆—　☆—

［14］再び昭和六十二年

それからしばらくして、まわりの景色はキラキラした光とともに変化し、コンクリートの建物とアスファルトの道路と車が現れた。私はバス停近くの自動販売機の前に立っていた。

近くにいた自転車に乗った野球少年が、目を丸くして驚いていたが、あわてて逃げて行く。私はパナマ帽を被りなおし、鞄の中の財布から久しぶりに千円札を出して、自動販売機から冷たい缶コーヒーを買って飲んだ。それから近くの食堂に入り、メニューにある名物の「名護そば」を注文し、置いてあるスポーツ新聞を見た。確かに、タイムスリップする前の昭和六十二年に戻っていた。しかも七月三十日、つまりあれから三日しかたっていないという事らしい。

そばを食べ終わり、店を出てバス停に戻り、那覇行のバスに乗った。道は舗装され、いつもの見慣れた車が渋滞するほどあふれ、コンクリートの建物の街並みや米軍基地の金網が続いていた。

二時間ほどで那覇に到着した。那覇は、タイムスリップ前に見た、あの観光客だらけの賑やかな那覇だった。国際通りでバスを降り、まず本屋に入って、歴史の本、受験参考書の日本史・世界史を調べて、以前の世界と何か変化があるのかを調べた。対馬丸沈没も、沖縄戦も、広島・長崎の原爆被害も、日本の無条件降伏も、それ以降の歴史にも何も変化はない様だった。ただ、沖縄戦を記録した本に「県民の犠牲者が約十二万人」と書いてある。私の記憶では、以前の世界では、県民の犠牲者は十三万人以上と書いてあったはずだ。これはひょっとして、あのユタたちが沖縄戦の前に住民に「北部へ逃げなさい」と伝えたせいかも知れない。そうあってほしいと思った。

何か気が抜けて、どこかで休憩しようと歩いていく。その時、出会う人たちが私を見て、笑っているのに気付いた。何だろうと考えたら、その理由が被っているパナマ帽だという事が判明した。確かに、この時代でパナマ帽を被るのは不自然で、沢田研二のマネをしていると思われても致し方ない。すぐにパナマ帽を鞄にしまい込んだ。

暑いので歩きながらハンカチを使っていたが、それを道に落としたらしく、後ろから「スイマセン」という声がして、明るい水色の制服を着た二人の地元の女子中学生がハンカチを親切に渡してくれる。東京でハンカチを落としても、一度も拾ってもらった事はない。ウチナーグチを使いたい私は、またもや「ニフェーデービル」と言いかけたが、我慢して、

「スイマセン、アリガトウ」とモゴモゴ言ってお辞儀をした。どうやら私はこの時、マブイが落ちた状態だったらしい。その日は近くのビジネスホテルに一泊する事にした。テレビは、ＮＨＫと民放2局しかなかったが、番組内容は以前と変わらない様子だった。コンビニから買ってきた弁当を食べ、風呂に入り、ベッドの上に座って考えた。

・・・このまま東京に帰って良いものだろうか？

確かに、すぐに沖縄を離れて東京に戻りたい気持ちはある。しかし自分だけ東京に逃げ戻るのは正しい行動と言えるだろうか？　私も自分さえ良ければいいという考えなのか？　鞄の中にはユタからもらった二百円近い金がある。私はこの金を使って、あの時代の人々を南米へ移住させる事を考えていたのではなかったか？　東京に帰って自分が必要とされているとも思えないあの職場に戻るのか、それとも、自分が必要とされているだろうあの時代に戻るのか？

そして考えて、明日もう一度、最初にタイムスリップした、あの牧志のウガンジュに行ってみようという結論に達した。ひょっとすると龍神のはからいで、もう一度あの昭和十四年の世界に戻る事が出来るかもしれない。その場合、この時代から持って行くべき品物がある筈だ。何を持って行けば、あの昭和十四年の世界の人々を助ける事が出来るのだろう？

沖縄の人々を南米に移住させるためには、何を持って行けば良いのか？・・・そして、日本の戦争をやめさせるためには、何を持って行けば良いのか？・・・私は、考えついた物を数点、手帳に書き留めて置くことにした。

翌朝、牧志のウガンジュに行く前に、国際通りの喫茶店に入り、アイスコーヒーを飲みながら、昭和十四年のあの世界に持って行くべき品物を、手帳でもう一度確認した。それから、もう一度タイムスリップ出来たら、あの世界の人々にどう言おうかと考えていた。名護から帰るはずのオレが、また牧志のウガンジュから現れたら、また一騒動だ。誰にも見つからなければ良いが・・・。見つかったらカミンチュだと開き直って、理由は言わずに、みんなで南米へ移住するように説得しようか・・・。

十時過ぎに喫茶店を出て、国際通りの電気店に入り、日本製の小さなトランジスタラジオ（AC電源対応）を8台と電池を買う。トランジスタラジオは、戦後日本が海外輸出して経済復興の一因となった。昭和十四年の世界でも使用可能だ。これを高値で売る事が出来れば、みんなを南米に移住させる資金をつくる事ができる。さらに、本土の電器会社に持ち込めば、これをコピー生産する事で、日本が経済的に豊かになり、日本軍の海外進出を考え直すきっかけになる可能性がある。次に本屋に入って、戦中戦後の日本の状況について詳しく書かれている、出来るだけ写真の多い歴史の本を数冊買った。これが当時の日本政府に渡れば、その悲惨な結末を理解し、大陸進出や対米開戦を思いとどまる可能性がある。

それらを鞄に詰め込んでから、慎重な性格の私は、前回タイムスリップした時と同じ事を今回もしてみようと考えた。まず、国際通りからアーケードのある平和通りに入り、前回と同じ土産物屋に入る。予想通り、私の事を「ハバぐゎー」と言ったおばさんがいて、「ハブカクジャーのにーさんだね。いらっしゃい」と笑顔で歓迎してくれる。「今日、東京に帰るから、土産を郵送したいんだが」と言って、これはタイムスリップしたら受取人不在で無駄になるなと思いつつ、スパムと黒砂糖の詰め合わせを2箱購入し、郵送してもらうため、東京の住所と名前を用紙に書き込んだ。（その間、前と同じようにハブ酒を試飲させてもらう）それから、二中の生徒達への土産として、「名護の饅頭」がなかったので、赤い「の」の字が書かれた「のー饅頭」を20個購入し、「これは東京に帰ったらすぐに、みんなに配るから」と言って、無地の紙袋に入れて手提げにしてもらった。与那原家やナツさんへの土産は何にしようかと探したが、会社名や賞味期限の日付が書いてあるものばかりなので諦めることにした。店員のおばさんはニッコリ笑って、釣銭を渡すときに優しく手を握ってくれた。「またいらっしゃってくださいねー」の声に送られて、土産物屋を出る。

それから、国際通りへ歩いていき、これも前回と同じく、きれいな女性店員のいるMでハンバーガーを持ち帰りする。今回は五百円で､釣銭はなかったので､女性店員は手を握ってくれなかったが、笑顔で「有り難うございます」と言ってくれた。

昼時になって、いよいよ私は国際通りの裏手の、あの牧志のウガンジュへと向かった。到着した牧志のウガンジュは前回見たとおり、人がほとんどいない公園の木陰にあった。私は前回と同じように、石の上に腰を掛けた。そしてハンバーガーを食べ始めた。セミはジージーと鳴いている。しかし、黒と茶のブチの猫はやってこない。そして、何も起こらない。

座り続けて、昼が過ぎ、暑さが増してくる。私は一度ウガンジュの石を離れて、与那原家のあった場所を探してみる事にした。無論見つからないだろうとは思っていたが、やはりその辺りは景色が全く変わっていて、森もなく、川の流れていた場所も変わっているようだった。歩き回っても全く見当もつかなかった。

しばらくして、ウガンジュに戻ると、石の上に観光客らしいカップルが座っていた。二人とも茶髪で、男のTシャツには「ほっとけ俺の人生」などと書いてある。こういう人達をあの時代にタイムスリップさせたらどうだろうと、一瞬考えたが、不謹慎なので、心の中で龍神に謝罪した。すぐに、観光客のカップルは去り、私は再び石の上に座ることができた。それから時間が過ぎていき、日が傾き、うろつく観光客、走り回る子どもたち、ジョギングする人、犬と散歩する人が通る。若い男が近づいてきて「先輩、千円貸してもらえませんか?」と言う。意味不明なので無論断った。

・・・しかし、何も起こらない。

日が沈んで、夕暮れになったところで、私は諦める事にした。龍神は、どうやら今回は、私がタイムスリップする事を望んでいないらしい。私は鞄から歴史の本を一冊取り出して、供え物の様にして石の前に立てかけ、この本だけでも昭和十四年のあの世界にタイムスリップしないかと、手を合わせて石を拝んでから、その場を後にした。

［15］帰還

次の日の朝、那覇空港に向かい、東京行きの早朝便に乗り、飛行機の窓から晴れた空と沖縄の島と海を見て、東京へ向かった。飛行機は揺れる事もなく海上を飛び続け、富士山や伊豆半島や関東平野の見える大陸のような日本本土に到達し、広がる東京の街の上空から徐々に下降して、昼過ぎに沖縄より暑い羽田空港へと到着した。

羽田から電車に乗り、最寄の駅を降りて見慣れた商店街を通り、小さい頃から住み続けている家へ向かう。家があるかどうかが不安だったのだが、近所の様子も変化のなさそうないつもどうりの自宅前に到着し、表札に「斎藤」と書いてあるのを確認した。この家は、二十年ほど前に、父親が残してくれたものだ。なぜか、玄関横に子ども用の自転車が並んでいた。これは変だなと思いながら、玄関の鍵を開けようとすると、

「おじちゃん、どこ行ってたんだよ!」と、見た事のない子どもたちが近づいてくる。

「なんだ、君たちは?」というと、小学生・中学生らしき十人ほどの子どもたちは、

「君たち、僕たちだよ」「夏休みの宿題!」「約束守ってよー」と大騒ぎして笑っている。

ここで慎重な性格の私は考えた・・・。

私の事を「おじちゃん」と言っている。これは近所の子どもたちという可能性もあるが、これは、ひょっとして、ひょっとして、今回のタイムスリップのせいで歴史が変わって、この世界ではテル子おばが対馬丸に乗船せずに生きていて、テル子おばの子どもや孫たちが大勢いて、その子達が来ているという事ではないのか???　その可能性はある。

そこで、内心かなり疑問を持ちつつ、「わかったよ、教えてやるよ!」と苦笑しながら、子どもたちを家に上げて、相手をする事にした。話をしていると、子どもたちはいやになれなれしく、やはり「おじちゃん」は「近所のおじちゃん」の意味ではなく、「親戚のおじちゃん」の意味に感じられる。そもそも、人付き合いの苦手な私が、近所の子どもに大人気というのも、かなり不自然だ。そこでこの際、はっきり確かめようと、子どもたちに聞いてみた。

「私の名前は何でしょう?」・・・「しゅうへい!」(呼び捨てだがあっている)

「おばあさんの名前は何でしょう?」・・・「テル子!」

これでやっと、この子たちがテル子おばの孫たちであることが確認できた。子どもたちは、大騒ぎして、宿題を少しやって、ジュースを飲んで、私が沖縄で買ってきた「のー饅頭」にはほとんど手を付けず、ふつうのお菓子はもうないのかと文句を言いつつ、また明日来ると言って帰っていった。

その後、私は残った「のー饅頭」を冷蔵庫に入れ、やっと一息ついて、この新たな状況を冷静に把握しようと考えていた。そこへまたもや、見た事のないおばさんがやってきた。キャリーバッグにスーパーの袋をのせている。おばさんは「どこ行ってたの修平、連絡もしないで、暑いねー、この家」と言って勝手に家に上がって来て、テーブルの上に稲荷ずしや大量の菓子類を並べはじめた。

ここで慎重な性格の私は考えた・・・。

このおばさんの顔は、去年亡くなった母親に似ている。という事は、つまり結論として、このおばさんがタイムスリップのせいで、対馬丸に乗船せずに生きていたテル子おばさんという事になる。そこで、いつも話をしているという、ごく普通の体で、こう言った。
「息抜きに沖縄に旅行してきたんだ。あっ、スパムと黒砂糖のお土産もうすぐ郵送で来るから持って行くよ・・・。子どもらに持って行かせるよ」
「あら、ありがと。・・・沖縄行ってきたの、ふーん、で、どうだった?」と言いつつ、テル子おばさんは、私をじろじろ見ている。
「なかなか面白いところだったよ」と言うと、テル子おばさんは突然こんな事を言い出した。

「変な話だけどさー、死んだセツおばあさんがさー、お前を、神様に似てるって言ってたよ。何でも、沖縄で若い頃住んでいた名護の家に、お前に似た神様が訪ねて来て、子どもを対馬丸に乗せるな！　って言ってすぐ、キラキラ光って目の前で消えたんだって、ほんとあれは神様だって、そのおかげで私は、対馬丸に乗らずに生きてるんだって、何度も言ってたよ。お前が病院に見舞いに来た時は、お前が帰った後、いつも手を合わせて拝んでいたよ」

「ふーん神様か、何だろうね、不思議な話だな」と言いつつ、私は内心かなり驚いていた。そしてどうやら、この世界では、セツおばあさんは東京の病院で、母やテル子おばさんや多くの家族に看取られて亡くなったらしい。

冷蔵庫から麦茶と「のー饅頭」を出すと、テル子おばさんは、「これ売ってたの？　懐かしぃーさー。小さい頃はこんなもの食べられなかったんだよー」と大喜びで、おいしそうにモゴモゴ食べ始める。

「で、さっき遊びに来たあの子たち何年生だったたっけ？」

「あれまー、だからよー、長女の子どもが中1と小6と小4、次女の子どもが小6と小5、・・・」どうやらテル子おばには、子ども・孫も含めて、二十人近くの大家族がいるらしい。「おまえも早く結婚して、子どもを作りなさい！」と叱られつつ、茶のみ話をさんざん聞かされて、その日は過ぎた。

翌日、私は久しぶりに高校に出勤する事にした。校庭で部活の学生たちがいつものように、だらだらと練習をしていた。担任のクラスの生徒もいるが、例によって挨拶はない。無視されている。多少不安を感じながらも平静を装って、職員室に顔を出し、いつもの顔ぶれの親しくもない教員たちや、厳しい表情で睨んでくる教頭に挨拶する。教員たちの反応はほぼいつも通りのようだ。夏期講習の日程を確認していると、いつも小うるさい先輩教師につかまって「めずらしいな、日焼けしているじゃないか。ハワイにでも行って来たか？ 夏休みだからといって、遊びまわってはいかんぞ。夏休みでも給料は出る。つまり仕事をしろという事だ。若い者が頑張らないと・・・」と長々説教される。

それから、私が久しぶりに学校に来たのを聞いたらしい生徒数人が不愛想にやって来て、「お願いします！」と強要されて、他の教師が誰もやりたがらない軟式テニス部の顧問を引き受ける事になってしまった。どうやら、私の境遇にも世の中にも、タイムスリップの影響は、ほとんど出なかったらしい。

そして、あの不思議な沖縄旅行から、かなりの年月が過ぎた。

私は昭和十四年の沖縄にもう一度タイムスリップする事は出来ず、テル子おば以外の人を助ける事は出来なかった。テル子おばは、対馬丸とは別の疎開船で、セツおばあさんや妹や弟と一緒に熊本県の山奥にたどり着いた。弟はその地で病死した。三人は終戦後、数年たってから沖縄に戻り、それから仕事のために東京に出てきて、今に至っているそうだ。その後の私は、テル子おばが紹介してくれた見合い話を断り続け、中学時代の同級生と結婚し、三人の子どもの親になった。テル子おばは数年前に亡くなってしまったが、私の周辺は、私の家族とテル子おば一族とで、賑やかな日々が続いている。

慎重な性格の私は、あのタイムスリップの話を、家族にも知人にも話すことはない。だが夏休みが来ると、そして夏休みが来なくとも、時々あの昭和十四年の世界を思い出す。善行氏に借りたパナマ帽子と、ユタに頂いた二百円近い金は、戸棚の奥にしまってある。突然いなくなった私を、あの時代の人達はどう思っただろうか？　ユタと四人の爺さん達は「あれはやはりカミンチュだった」と納得してくれたとしても、他の人達は「挨拶もなしにいなくなる。だから半分ヤマトンチュは信用できない」と思っただろう。塾の生徒達は「名護の饅頭」をマチカンティーしていた筈だ。それからとくに、翌日もそば屋の前で待ってくれていたはずのナツさんには、心から謝りたい。

あれから、沖縄に行って、生きているかも知れない人たちと会いたいと思った事が何度もある。しかしその度に、慎重な性格の私は、「それはどうなんだろう」と逡巡してきた。

計算するとあの世界の人たちは、私よりも四十年以上年をとっている。もしナツさんや忠幸君が生きていたとしても、年齢の合わない私を理解してくれるだろうか？

そして平成二十六年の今、なんと私は、続けるかどうか迷っていたはずの高校の教師を、いまだに続けている。相変わらず教師としての仕事は順調とは言い難いが、あの時代の沖縄の人々の行き詰った境遇を思うと、私の境遇など全く行き詰ってなどいないと感じている事は確かだ。しかし、慎重な性格の私は、最近こう思う時がある。

「この世界は、本当に行き詰っていないのだろうか？」

いま日本のどこかで、龍神の使いの神人《カミンチュ》が、時空を超えた未来から現れて、この世界で「何か」を叫んでいるのかも知れない。晴れた日の高い空を見ると、キラキラした光を振りまきながら飛び続けている龍神の姿が、私には見えるような気がするのだ。

（完）

あとがき（1）

自慢ではないが、これまで生涯一度として、小説を書こうと思ったことがなかった。若いころは一日一冊の文庫本を読むくらいの多読症だった。その中でなるほどと感じ入った作品もあった。読書歴を並べると、北杜夫、太宰治、芥川龍之介、夏目漱石、森鴎外、安部公房、山田風太郎、半村良、小松左京、梶尾真治、筒井康隆、景山民夫、中島らも、椎名誠、村上春樹、H・G・ウェルズ、O・ヘンリー、レイ・ブラッドベリ、フィリップ・K・ディック、S・キング、R・マキャモン…これらの作家の発想は確かに称賛に値するものだと思った。しかし、所詮フィクションであり、基本的に小説は暇つぶし、或いは睡眠導入剤のつもりで、家で寝転がって読んで然るべきものだと考えていた。そういう理由で、人前で小説を読む人をかなり馬鹿にしていた。その、小説に対して偏見に近い軽薄な考えを持つ筆者が、小説を書く事になった経緯を説明させていただきたい。

２０１４年の8月は、対馬丸が遭難して70年目にあたり、沖縄県内でマスコミに取り上げられていた。そしてその時期に、沖縄のラジオ局のドラマ脚本の募集がテレビで流されていた。それまで、自分が脚本を書くなどは思いつきもしなかったのだが、何故かその時、ある人から聞いた対馬丸に関する実話を、何らかの形で書き留めておきたいという思いが浮かんだ。そこで3週間かけて、四百字詰め20枚ほどの原稿を書いて応募した。題名は「神様だった夏休み」、多少は入選を期待していたのだが、見事に落選し、まあそんなものだろうと思い、せっかくなので記念に、ブログにアップしておいた。

FC2ブログ小説・文学　http://simagamikouichi.blog.fc2.com/blog-entry-1.html

数年後、ある出版関係者から連絡をいただき、「戦前の沖縄へのタイムスリップ」というテーマが良い。一度中編小説として書いてみたらどうかという提案をしていただいた。出版社からこういう提案をしていただいたのを嬉しく思い、無論出版できるかどうかは不明なのだが、一応自分なりの出版応募作として、全力で書いてみようと著作に取り掛かる事にした。

戦前・戦中の世界や日本の歴史的背景、沖縄の状況を書籍、インターネットで調べる。無論、その内容は読みたくもない最悪で悲惨なものがあり、怒りを感じる事がたくさん書いてある。楽しい訳がない。その中で、この小説に相応しい登場人物、物語の展開、記載内容を日夜考える（だいたい、夜明け方、夢うつつの中でイメージが浮かんだように思う）。そして、適正だと思える順にそれらをパソコンに書き込み、訂正・加筆していく。

それらの作業の中で気付いたことがある。これまで一読者として、多くの小説を気楽に読んできた者としては、小説に出てくる人物やストーリー展開は、作者の自由な発想と裁量でいくらでも出てきて、無限にふくらませる事が出来ると考えていた。しかし、作者の立場となって書いていくうちに、それらは、作者それぞれに一定の限界があり、自分の場合には、頭を絞ってやっと出てくる人物やストーリー展開は、ほぼ「自分が今までに経験したものの中からしか出てこない」という事に気づいた。

これで思い出したのは、夏目漱石の「夢十夜」に出てくる言葉だ。登場人物が、運慶が仁王像を無造作に彫るのを見て、「あれは眉や鼻を鑿で作るんじゃない。あのとおりの眉や鼻が木の中に埋まっているのを、鑿と槌の力で掘り出すまでだ。まるで土の中から石を掘り出すようなものだから決して間違うはずがない」と言う。この言葉の様に、自分の場合には、この作品は自分の頭にあった仁王像そのものであり、出来上がった原稿を改めて見直すと、これ以外に書き様がないという感覚になった。

約一年かけてなんとか完成し、数年を経て、出版の機会を得る事になった。これは、著者にとって望外の喜びであり、著作のきっかけを作っていただいた出版関係者のＹ氏と、注文の多い出版を引き受けていただいたボーダーインク社の担当氏に心から感謝したい。

前半に理系の内容が多すぎるというご指摘は当然だと思うが、他の理系の本には書かれていない内容もあるので、どうか出来るだけお付き合いいただきたい。関連資料として、沖縄関係の資料（1～12）と、本文にある一般相対性理論の超曲面型時空の座標変換からアインシュタイン方程式までの計算過程の一例を、巻末に掲載した。これは、自作のホームページから転載した。物理、相対論の詳細については、そちらの方を参照していただきたい。

http://butsurikoushin.web.fc2.com/
「物理化学まとめ（PHYSICS CHEMISTRY SUMMARY）」
「相対論数学ノート（MATHEMATICAL RELATIVITY NOTE）」理系教育ネット編

あとがき（2）

過去の出来事を残念に思い、その出来事を変えたいと思う事は、多くの人が考えている事だろう。しかし、現代の科学技術をもってしても、タイムマシンを作ることは不可能だ。一般相対性理論もアインシュタイン方程式も、3次元のなかの物体が丸く閉じているか、それとも開いているかの計算を5次元のなかの時空に応用したものの程度に過ぎない。その時空を自在に曲げてタイムマシンを作るまでには、数百年、数千年にわたる科学技術の発展が必要だろう。そして、現在に至るまで、タイムマシンによる悲惨な歴史の修正が見られないという事実は、数百年、数千年が経過する前に、人類の文明が崩壊するか、消滅するだろうという予測を示している。そこで、現代に生きる凡人としては、タイムマシンに頼るより、小説の中で悲しい過去を変えて、その無念な気持ちを表現する事も許される事だと思う。

そういう理由で、理系の本に比べて一段も二段も下に見て軽んじてきた小説を書くことになった著者は、いま改めて小説に関してこう思う。多分、どこかで聞いたセリフだが、

「虚構の中でしか、語れないものがある」

理系の本は、現実を反映した理論・シミュレーションを展開する。それに対し小説は、現実の世界に幾つかの仮定を設定し、その虚構中でどのような世界が広がるかを構成していく。そこで、小説は理系の本で書けない事を表現するのに重要な役割を持っている。たぶん、ほとんどの小説・演劇・映画・美術・絵画・音楽・・・は、虚構の中でしか語れないものの表現だと思う。以下その観点で、有名な作品について述べさせて頂きたい。

森鴎外は「かのやうに」という作品で、歴史学を専攻する大学生と友人の会話という虚構を用いて、天皇制にも関係する、神や権威について言及している。
「かのやうにがなくては、学問もなければ、芸術もない。宗教もない。人生のあらゆる価値のあるものは、かのやうにを中心としてゐる。昔の人が人格のある単数の神や、複数の神の存在を信じて、その前に頭を屈めたやうに、僕はかのやうにの前に敬虔に頭を屈める。・・・この位安全な、危険でない思想はないぢやないか。神が事実でない。義務が事実でない。これは今日になって認めずにはゐられないが・・・」

芥川龍之介の「河童」という作品は、河童の国という虚構を用いて、当時の日本社会を痛烈に批判している。この中で、河童の哲学者の言葉として「最も賢い生活は、一時代の習慣を軽蔑しながら、しかも、その又習慣を少しも破らないやうに暮すことである」と書いている。しかし、この作品以外でも大胆に当時の政府・軍部を揶揄する作品を数多く書いた芥川は、思想統制、言論弾圧の空気が広がる中、遺書として「僕の将来に対する唯ぼんやりした不安」の言葉を残して亡くなった。

山田風太郎は、特殊能力を持つ忍者や侍が活躍する奇想天外な時代小説を数多く書いたが、その虚構の中で繰り返し書かれているのは、醜悪な権力者達と、それに従って無残な死を迎える者達への慚愧の念だと思う。「昭和初期の青春」の中でこう述べている。「日本は敗れて、戦争以来の占領地はもちろん、それ以前から持っていた植民地でもただ怨恨のまとであったことを知らされて唖然となり、ついで日本人が他民族を支配する「徳」のない国民であることを、はじめて自覚した。――この自覚は、何よりも永遠に日本の伝えてゆかなくてはならない身分相応の信条であろう」

映画作品では、黒澤明の「七人の侍」は、戦国時代の農村を野武士の襲撃から守る浪人達という虚構を用いて、戦前日本が愚かにも大陸へ進出し、満州中国の農村に被害を与えた事への悔恨の念を描いていると思う。ラストシーンで、生き残った侍は、死んだ四人の侍の墓の前で「今度もまた負け戦だったな。勝ったのはあの百姓達だ。わし達ではない」という言葉を語る。

楽曲にも数多くの例があることは言うまでもない。その中の一つの例として、私が小学生の時、学校の映画鑑賞会で見た「少年猿飛佐助」という映画の主題歌を紹介したい。これも今思えば、少年忍者の妖怪退治という虚構を用いて、戦前のような権力者を倒し民衆を守るために立ち上がるという、戦後の民主化を表現するような内容だったと思う。

「少年猿飛佐助」主題歌　　　　作詞　星野哲郎

1．力よ力　雲に乗って来い　山の仲間は猿・熊・小鹿
　胸に友情　瞳に正義　やるぞ負けずについて来い　僕は少年猿飛佐助
2．望みよ望み　虹を抱いて来い　若い血潮がくるくる騒ぐ
　来るか夜叉姫　小癪な嵐　やるぞ世のため人のため　僕は少年猿飛佐助

私はこの主題歌を聞いた後、非常に感動した記憶がある。

要するに私が思うに、数多くの小説・演劇・映画・音楽・楽曲などが、虚構の中で表現しているのは、

「上手く生きる事が出来なかった者たちへの sympathy」

なのだと思う。私が書いたこの小説は、凡作駄作ではあるが、その中のひとつを目指したものと考えて頂きたい。

２０２０年　冬　　島石　浩司

補稿（本稿で書けなかった内容）

疎開が実施されたのは昭和19年7月のサイパン玉砕から、10月10日まで。その間働けるものは日本軍による飛行場、陣地構築への強制徴用が課せられ、それ以外の老人子供婚姻女子など約8万人が九州各地や台湾へ疎開した。↓巻末資料（8）

疎開できなかった人たちは、沖縄戦に巻き込まれ、男子中学生・女学生を含む12万人以上（一家一集落全滅による不明者も含めると15万人ともいわれる）の犠牲者を出し、亡くなった本土出身兵、アメリカ兵らとともに最南端の摩文仁の丘の平和の礎に名前を刻まれている。

戦後、昭和27年サンフランシスコ講和条約の発効で、日本国は主権を回復し、沖縄は米国の施政権下に置かれることになった。以降、日本政府は、本土の人々の米軍基地反対運動に配慮して在日米軍の多くを本土から削減し、遠く離れた沖縄に移転・集中させた。

米統治下「銃剣とブルドーザー」で土地を奪われた沖縄は、米軍支配からの脱却と米軍基地の削減を求めて日本復帰を目指したが、昭和47年の沖縄返還は、沖縄の人たちが望んだ「米軍基地の核抜き本土並み」ではなかった。そして、それ以降も、本土の米軍基地削減、沖縄への米軍基地集中という日本政府の政策は続く事になる。↓巻末資料（10）

これは日本という国家の中で、少数派としての沖縄人が、多数派としての本土人にどのような扱いを受けてきたかを示す、ひとつの例に過ぎない。

その理不尽さ以外に、より危惧される事がある。日本の国土面積の0・6%にすぎない沖縄県に71%の米軍基地が集中し、日本の国土面積の99・4%を占める本土に29%の米軍基地しか存在しないという現状だ。その結果、沖縄は米軍基地に覆われた要塞となり、日本本土は米軍基地がほとんどない、平和を絵に描いた状態となっている。上の数字で計算をしてみると、71÷0.6≒120、29÷99.4≒0.3、120÷0.3≒400 つまり、本土には、沖縄に比べて約400分の1の密度でしか、米軍基地が存在しないことになる。沖縄は、米軍基地の集中で、今後も事件事故が続くだろう。しかし、首相も言う、隣国から日本本土への「重大かつ差し迫った脅威」の中、それと比較できないレベルの危機が、米軍基地のない日本本土の大都市部に迫っているのではないか?

沖縄戦の開始される直前、沖縄の防衛は台湾や本土に比べて軽視されている状態だった。その結果、沖縄は米軍の攻撃目標となり、悲惨な沖縄戦が開始された。↓巻末資料(9)

現在の日本本土の防衛は、この時の沖縄県以上に、軽視されている状態ではないのか?「本土にも基地はある」とか、ふざけた事を言っている場合だろうか?「砂漠にも雨は降る」とか言って、砂漠の真ん中に家を建てて住めるだろうか? 沖縄県内に溢れている米軍基地を、さらに沖縄県内に移設しようと「辺野古基地建設を粛々と進める」とか言っている場合だろうか? 沖縄県内の在日米軍のかなりの部分(最低でも70%)を、日本本土の各地に移設して、或いはかつてあった地域に戻して、都市部の人々が身近に在日米軍基地がある生活をすべきだ。

日米安保による在日米軍の存在が、日本の防衛に貢献してきたことはほとんどの日本人が認めざるを得ないだろう。しかし、翁長前知事の「日米安保は重要であり、だからこそ、米軍基地の全国への応分の負担を」という主張や、沖縄の辺野古の米軍新基地建設に反対して座り込みを続ける人々は、本土の一部の人達から激しい誹謗中傷を受ける事になる。（これらの人達は、かつては米軍基地反対派だったが、米軍基地が自分達の周りから消えた今は、米軍基地賛成派になったらしい）

しかも、沖縄県内でさえ、沖縄戦で多くの沖縄人が亡くなった後、奄美やその他の地域から様々な人々が移住してきており、沖縄戦で身内が殺された経験もなく、米軍に土地を取り上げられた経験もないその人達の中には、米軍基地集中に対する地元民の反発に共感できず、「沖縄は日本軍や米軍に感謝せよ」などと主張し、米軍基地を喜んで受け入れるべきだとする人もいる。結果、沖縄県内でも世論が分かれている。

しかしそれでも、大阪の機動隊に「土人」「シナ人」と罵声を浴びせられても、マスコミ文化人たちに「反対派は中国からカネをもらっている」などと面白おかしく言われても、諦めずに、「沖縄に米軍基地を集中する事は、理不尽であり、本土にとっても危険だ」という主張を発信し続けていくのが、チムグクルのある沖縄県民の役割だと思う。

日本政府の内政・外交政策の失敗と硬直化が日本国に多大な損失をもたらしてきた事は、今に始まった事ではない。いわば、数千年にわたる日本国の歴史的伝統といえるだろう。現在の日本政府が固執する「沖縄への米軍基地集中」という政策が近い将来、日本国の致命傷にならないと断言できるだろうか？　10年後、20年後の東アジアは、日本は、沖縄はどうなっているのだろうか？　極端に良いこともなければ、極端に悪いこともない、灰色の世の中が、今後も続いていく事を願うばかりだ。

参考資料（1）薩摩藩支配下の琉球国の状況

（1609年）薩摩は、琉球の全歳入を九万四二二〇石と決定、それに基づき、首里はその内、年貢として一万一九三五石を薩摩に納めることが求められた。それは王国の全収入の八分の一に相当する額だった。その上、国王はその私財よりほぼ8000石の年貢が課せられた。海外貿易は薩摩に独占され、ことごとく薩摩の権益にゆだねられた。沖縄にとり、これ以上の経済的打撃はなかった。そのうえ、沖縄と九州の間に横たわる奄美グループ、与論、徳之島、喜界が全く首里のコントロールを離れ、薩摩に配属されることとなった。

『沖縄　島人の歴史』ジョージ・H・カー　P179

（1609年島津の琉球征伐以降、）薩摩の指令によると、沖縄は、貢租として「年貢米が約八千石のほか、諸雑物として芭蕉布三千反・琉球上布六十反・下布一万反・唐芋千三百斤・綿子三貫・しゅろ縄百方・むしろ三千八百枚・牛革二百枚」を納めなければならなかった。（中略）「納税奴隷化した農民」琉球王の執政時代には農民は曲がりなりにもその体面を維持してきた。しかし薩藩が、沖縄を支配し始めてから琉球政府の苦痛は極度に増大し、しかもこの苦痛は悉く農民に転嫁されてきたのである。島津によって琉球政府に命ぜられた上納物は悉く人民に賦課され、（中略）当時の沖縄県民は実際家畜に劣る生活に喘ぎながら、薩藩の富を増大させてきたのである。「納税奴隷化した農民」親泊康永

『沖縄の民衆意識』大田昌秀　P70

（琉球王国が、）この財政上の困難に対処するため、新たな収入源として目をつけたのが砂糖である。日本国内は江戸時代にはいり消費経済が発達し、砂糖に対する需要が伸びていた。（中略）しかも、江戸時代は鎖国政策をとっていたため、国外からの砂糖輸入も限られていた。当時の商都・大阪では琉球の黒糖は高値で売りさばくことができた。

『沖縄・米軍基地データブック』高橋哲朗　P73

正保四年（１６４７）島津の要求によって貢米のうち３９８０石を黒糖97万余斤で代納することになった。首里王府は「砂糖とうこんの私売を禁じ、王府でこれを買い上げ、これを薩摩に送ってその利で負債を返済しようとした。」１７２７年の薩摩への貢租額は一万１９９６石となり、慶長の貢租高よりおよそ四千石も増徴した（中略）この外に浮得税が課せられ、牛、馬出米夫役銭が加えられて課せられるとなると、薩摩は寛永以来享保までに米一石について一斗九升の増米をわけもなくとりたてた（中略）こうなると政庁としても何とかこの増税の耳を揃えねば国の破滅になると考え（中略）農民に説得し、享保元年以後従来の定免法から検見法へと税の徴収を変えてしまった。

『沖縄経済史』饒平名浩太郎　P139

一説によると、三百年にわたって薩摩が琉球から収奪した土地税は、全収穫の十％に相当する八千六百万石だという。それとは別に、薩摩は、琉球の特産物の砂糖に目をつけ、最初は琉球王府に銀九千両を貸し付け、この借金の条件として砂糖の私的売買を禁じて独占販売権を獲得した。その上、琉球が年々薩摩に納める貢米の三千九百八十余石（50％）を砂糖で代納させることにした。一方薩摩は鳩目銭という硬貨をつくって琉球に与え、それで砂糖を購入した。そして、鳩目銭が減少して流通に不便をきたすようになり、琉球王府がそれを新しく鋳造することを要求した機会をとらえ、すかさず鳩目銭との相殺を条件に、砂糖の一手買入権を獲得した。このようにして薩摩が入手した琉球糖は、およそ八十七万斤で、（中略）これを大阪市場で転売して巨利を得た。ちなみに薩摩が取り扱った砂糖の量は、天保年間の十年間にじつに一億二千万斤、その代銀は十四万一千貫に上った。こうして薩摩は、二十年間に百万両を獲得して明治維新に備えることができたという次第である。

『醜い日本人』　大田昌秀　P269

参考資料（2）幕末~明治初期の琉球藩の状況

倒幕・新政府の樹立が実現する40年ほど前までは、薩摩藩は放漫経営がたたって５００万両の借金を抱え財政は破綻しかかっていた。藩の一般収入は20万両程度であり、利息も払えない状態だった。そこに（１８２７年からの）藩財政改革の立て直し役に指名されたのが調所広郷だった。調所は借金を実質的に踏み倒すとともに、増収策として黒糖に目をつけた。毎年の売り上げ利潤は10万両とも15万両ともいわれ、わずか10年ほどのうちに50万両の備蓄金までひねり出した。……薩摩藩は通貨の交換比率を自分たちが有利になるように変更し、実質的に琉球王国の黒糖を安く買い叩けるようにした。幕末には、サトウキビを栽培する村では、借金を重ね田畑を手放したり身売りしたりする者も珍しくなかった。

『沖縄・米軍基地データブック』　高橋哲朗　P74

1860年代末に薩摩は、財政改革のために琉球の財政問題軽減との表向きの理由をもって徳川より琉球通宝の使用許可を手にした。……1857年以降2、3年にわたって薩摩は100万両相当の貨幣を琉球通宝として鋳造した。124〜248文相当の琉球通宝鋳造には36文しか要しなかったので、薩摩は厖大な利益を得ることとなった。その後1861年に、薩摩は琉球にそれまで銅銭と鉄銭とが同価値を有していた相場を銅銭1文対鉄銭2文とすることを命じてきた。その結果薩摩で鋳造された銅貨は沖縄では二倍の価値を有することとなった。これを機に物価が急騰、地方の村落のいくつかが財政破綻を来し、農民の多くが娘らを遊郭へと売り払うこととなった。

『沖縄　島人の歴史』　ジョージ・H・カー　P450

薩摩は、一八六二年（文久元）に銅銭一文を鉄銭二文に引きあてる令達をだし、以後一八六八年（明治元）九月の「三十二文引合い」まで何度か〝文替り〟をかさねて琉球収奪を強化した。もともと同じ価値で通用していた銅銭と鉄銭（ともに寛永通宝）を、まず二対一の割合いにし、ついには三十二対一の比率にまで変更したのである。つまり明治元年九月の〝文替り〟では、その数年前まで同等に通用していた鉄銭の価値が三十二分の一にまで暴落したため、鋳物屋が鋳潰して鍋釜の地金に使うほどであった（比嘉春潮「沖縄の歴史」）これがたちまち経済の混乱と諸物価の暴騰を招いたのはいうまでもないが、こうした薩摩の収奪強化の方策に、琉球王府や地頭などの支配層もうまく便乗してその懐を肥やしていたのである。

『琉球処分以後（上）』　新川明　P24

琉球処分官　松田道之に提出された「大湾朝功の探訪報告書」（征韓論争に敗れて下野した西郷の大兵乱を予見した政府は、（中略）琉球でも大湾朝功ら無禄士族を探訪人として起用した）一、当藩には、旧薩摩藩のご指示により、尚泰十四年（１８６１）から二十一年九月までの七年九ヶ月間に八回の文替り（銅銭1文を鉄銭32文にする文替わり）が行われた。その都度通貨の値打ちは下落し物価は高騰し続けた。その悪影響が今日まで尾を引き、藩民は塗炭の苦しみに喘いでいる。二、物価は高騰しているのに、生産物が大昔に定めた「諸品定大帳」の値段で買い上げられているのは、道理に反している。実情に合うよう早々値上げ改定をされたい。三、藩庁が一手に買い上げている砂糖とウコンは、大阪市場の価格高騰で藩庁と旧薩摩藩は巨利を得てきた。が、このことは関係高官が知っているだけで一般には知られていない。砂糖もウコンも、農民の生活が立ちいくよう値上げして買い上げすべきである。

『琉球処分』　渡久山寛三　P78～P335

参考資料（3）琉球処分

（明治12年）五月二十七日、最後の国王尚泰と九十六人の廷臣一行が亡命の地、東京へと向かうべく門を出た。老若男女の群衆が皆礼装のまま、涙を流しながら那覇へと続く道路に平伏していた。その様子をみていた日本人の警官でさえ、涙を押さえることができなかった。（分遣隊所属の警官、岡規の琉球出張日誌）

『沖縄　島人の歴史』ジョージ・H・カー　P490

藩王尚泰の側近として仕えた喜舎場朝賢は、地元の動きをつぎのように記述している。「毎日中城殿に集会せし旧衆官吏は、松田の命令を辞絶し国中人心一致して義を守るの方法を講義す。亦各村士族は各学校に集合し、而して各村幹部たる者四名宛を選抜し国学に集め、凡そ松田との応答及び施行する所の事々逐一報知せしむ。且志操を固持し団体を締結し日本の命に従わずして以て清国の援兵を待つべきことを内命す。是を以て士族激昂奮励し、日本の命令を奉じ官禄を受くるものは首を刎ねて赦すことなし」

『醜い日本人』大田昌秀　P283

松田（処分官）は、琉球の士族一般にたいし、じかに説諭に乗り出した。「然るに子等猶悟らずして旧態を改めざるときは、新県に於ては子等は到底用うるを得可からざるものとなし、百職皆内地人を取り遂に此土人は一人の職に就くを得る者なくして自ら社会の侮慢を受け殆ど一般と区別さる、恰も亜米利加の土人北海道のアイヌ等の如きの態を為すに至るべし。而して是子等の自ら招く所なり。此琉球の地たる土地狭くして人多く、其事の何たるを問わず多方従事せざれば生計を得る甚だ難し。然るに百職皆内地人の専有となるときは此土人は多少の職業を失うに至るべし。而して是亦子等の自ら招く所なり。」

『醜い日本人』　大田昌秀　P284

新県庁に対する不服従運動は、士族たちによる血判書の盟約がなされて頑強だった。これに対して県庁側は、各地の間切で旧藩の役人たちを拘引して責めたて、拷問を加えるなどして服従を迫ったと伝えられる。これに憤慨した村人たちが、力づくで拘引されている役人を奪いかえそうと企てたり、あるいは役所を包囲して気勢をあげるなどの騒ぎがおきている。

『琉球処分以後（上）』　新川明　P39

参考資料（4）明治中期の沖縄県の状況

旧藩の頃、貢米のうち、３６００石は貢糖97万斤余で代納を命ぜられていた。さらに雑穀代と「引合勘定」として、定式買上糖１７４万斤余を徴収されていたが、それらは県政施行後も減額されることなく、県政の恩恵は、ただ従来買上糖の定価が百斤につき十二銭であったものが一挙に一挙に26倍の三円二十銭に引き上げられるにとどまった。……当時の大阪市場の価格は百斤につき六円五十銭で、買上代と売払代の差額が五万九千円余運送費その他一切の雑費を除去しても約四万数千円が国庫に改められていた。（樋口弘　日本糖業史）

『沖縄経済史』　饒平名浩太郎　P32

初代県令（知事）として沖縄県に赴任した旧備前藩主の鍋島直彬は、同じ備前出身の大蔵卿大隈重信に報告書を送り、鹿児島商人が農民に高利の資金を貸しながら、できあがった砂糖は安い値段で買い叩いていることを伝えた。

『沖縄・米軍基地データブック』　高橋哲朗　P75

二代目県令となった上杉茂憲は、明治15年の沖縄県歳入65万歳出45万の状況を、政府は沖縄から毎年20万円余を収奪していると指摘し、このありさまでは「今より以往数十百年をふるも、民心何を感じ何をさとるところあって、良くわが教化に服せんや」と人民の負担を軽くすべく県政改革を政府に訴えた。しかし、周知のとおり、彼の上申書は容れられず、遂に彼は、沖縄を去らざるを得なくなったのである。

『沖縄の民衆意識』　大田昌秀　P78

農民ノ拠ル所大方子方2、3間（約3〜5平方メートル）ノ矮屋ニシテ四壁ヲ囲ムニ葉竹ヲ以テシ、軒庇地ヲ離ル3、4尺（90〜120cm）、土床席ヲ設ケズ戸々5、7人豚羊ト伍ヲ為シ、身ヲ蚊蛇ノ刺シャクニ任セ、番薯ヲ喰ラヒ短褐ヲキ雨ニ浴シ、日ニ曝シ、裸足蟄居、時ニ泡盛ヲ飲ムヲ以テ無上ノ歓楽トセリ、（中略）未ダ嘗テ他邦ヲ見ザレバ、世間何レノ処ニ楽地アルヲ知ラズ、身疾苦ノ極ニ在ツテ其ノ疾苦タルヲ覚ヘザルナリ、ああ何ヲ其ノ他ノ人民ニ限リ、不幸ヲ極ムルノ一ニ　茲ニ至ルヤ、（後略）

『上杉茂憲』　童門冬二　P143

上杉茂憲の部下池田成章の上申書「北海道に対しては政府は毎年百余万円の国庫金を支出している。さらに沖縄県からは毎年二十万円余を収奪して県民を苦しめている（中略）」……読んだ大蔵大臣松方正義（薩摩藩出身）は苦笑した。

『上杉茂憲』童門冬二　P160

日本政府官吏の「沖縄見聞雑記」明治二十一年「当節内地人の沖縄に入り込居るもの凡そ二千名に近しとのことにて、其内鹿児島県人十分の九を占め、余は大抵京阪地方の落武者なる由当地にて内地人の威張る有様は丁度欧米人の日本に来て威張ると同じ釣合にて、利ある仕事は総て内地人の手に入り引合はざる役回りは常に土人に帰し、内地人は殿様にて土人は下僕たり、内地人は横柄にて土人は謙遜なり、肝心の表通りは内地人の商店にて場末の窮巷は土人の住居なり、内地人は強く土人は弱く、内地人は富み土人は貧し。畢竟是れ優勝劣敗の結果にて如何ともすべからざる訳なれども凡そ亡国の民ほどつまらぬものはなし」

『醜い日本人』（新編）大田昌秀　P285

参考資料（5）明治末期の沖縄県の状況

農業の様式にも変化があった。甘藷（イモ）甘蔗（サトウキビ）の耕作地に関する規定が廃された。大阪や東京の市場で莫大な利益を生じる糖業に日本人が興味を持ちはじめ、熱心に奨励しはじめた。

水田が急速に甘蔗畑に転じた。20年間に製糖量1万1０００斤から4万7０００斤にまで増加した。しかし、製糖の仕事に直接携わる沖縄人は、その恩恵に浴することがほとんどなかった。鹿児島と大阪の砂糖ブローカーに牛耳られていたのだった。他府県ではすでにその慣例が廃されて久しい物納徴税が沖縄では１９０３年まで踏襲されていた。政府の定めた量が倉に運び込まれ、そこで検査を終えるまでは、個人による糖の売買が禁じられた。

『沖縄　島人の歴史』ジョージ・H・カー　P515

明治38年、沖縄の一人当たりの納税負担額を他府県のそれに比較してみると、東京が約六八銭。大分県が七七銭。鹿児島県が七六銭。宮崎県が一円八銭にたいし、沖縄県は東京の二倍の一円三五銭である。しかも、その外に、間仕切税が一円余りも賦課されていたのだ。

『沖縄の民衆意識』大田昌秀　P188

１９０１年（明治34年）から実施された砂糖消費税は、沖縄の砂糖生産農家に大きな打撃を与えた。（中略）沖縄で主につくられる黒糖の場合、１００斤あたり1円の消費税が課せられ、さらに１９０４年（明治37年）日露戦争が勃発すると、税額は2円に引き上げられた。……砂糖商は消費税を沖縄の農民に転嫁しただけでなく、消費税に便乗して砂糖を買い叩き、儲けを膨らませた可能性もうかがえた。

『沖縄・米軍基地データブック』高橋哲朗　P76

（明治41年、中央政府が貧乏県の沖縄をもてあまし、台湾の直轄にしようという運動があるのに対して、琉球新報紙は）沖縄県を中央政府がもてあましているかどうかは知らないが、「県下に政府が投じつつある政費の全部は八十余万円にして、政府が県下より収めつつある租税その他の収入は三百万円に達せリ。金銭の関係より言えば、あながち持て余されおるとも思われず統治上とてかかる従順忠義な人民は他に比類なかるべし。（中略）」と非難した。

『醜い日本人』（新編）　大田昌秀　P38

明治末に高橋秀臣という人が沖縄県民の収入と税負担について他府県のそれと比較したのがある。それによると、沖縄県の所得総額は、七百万六千余円（明治42年）で、これは他府県で、一番所得額が少ないとされた鳥取県の二分の一弱に相当するようである。ところが、所得にたいする税負担の割合をみると、他府県の中で、もっとも負担の多い兵庫県が三割二分六厘に対して、沖縄は四割二分五厘の高率で、全国平均の一割九分四厘の二倍強にあたるというのが、実情であった。（中略）高橋は、日本国民の一人平均の年間所得が四十六円で、税を引くと三十七円になる。沖縄のばあい、一人平均の年間所得が十四円三十銭で、（中略）残るのはわずかに八円三十六銭二厘でしかないと述べている。

『沖縄の民衆意識』　大田昌秀　P191

参考資料（6）大正期の沖縄県の状況

（沖縄県は）土地狭隘、耕地僅少なる割合に、人口甚だしく稠密を加え之が為め目下北米、布哇（ハワイ）、ペルー、カナダ、ブラジル、南洋等に約二万人の出稼ぎ人を出し又内地他府県に約七万人の男女労働者を出して居るに拘らず、耕地面積は一戸当たり僅かに七反四畝歩に過ぎず、之を全国の平均一町一反歩に比すると、六割強に過ぎない。而して其の収穫高は同県は地味不良、且つ（中略）毎年季節的に強烈なる暴風雨に見舞はれ、自然一反歩に付き米の収穫高は大正十二年全国の平均一石八斗一升に対し、僅かに九斗七升に過ぎない、（後略）

『瀕死の琉球』　新城朝功　P9～

同県農民の年収なるものは實に他県農民の四分の一以下となるもので、目下の処内地農民に於ても其の救済を絶叫される際であるから、同県民が到底立ち行く筈のないのは火を見るよりも明らかなる事実である。而して斯かる惨状の処へ法定地価は全国中近畿と東海を除けば、全国最高と来て居るから其の負担の不均衡が出発点に於て、既に大なる齟齬あるを発見するので、其の苛斂誅求な事は全く否定すべからざる事実である。而して此の苛斂誅求が如何なる程度のものなるかを全国各県の税額に就て比較して見るに先ず面積人口等に於いて沖縄県に酷似せる左記三県との最近の比較は

県名	一ヶ年国税納付額（大正13年）
大分県	４１９万３００１円
宮崎県	２２６万４７９１円
鳥取県	１９８万９５６４円

沖縄県　　４８４万９９９４円

即ち右の如く可憐なる沖縄にして猶且つ大分県より多き事七十五万六千円なるのみならず、宮崎県に比較して實に二倍一分、鳥取県に至りては二倍四分の巨額を示せるは全く驚くの外はない。

『瀕死の琉球』　新城朝功　P28～

沖縄県下に於ける負担能力及び他府県との比較上国税の苛斂誅求なる模様は大体前回に之を述べたが他面同県に対する国費支弁事業に至りては全く顧みられず、まるで継子扱ひの状態である。即ち同県内に於ける国費支弁事業は、県庁、島庁、刑務所、税務署、測候所等の如く所謂国家の政務運用上当然必要とする以外のものは廃藩置県以来殆ど皆無の状態で、大正十四年の今日、猶一里の国有鉄道あるに非ず、一国立学校あるに非ず、其の他産業助成上の機関に至りては何等の施設を有しない状態である。試みに同県に於ける最近五ヶ年間の国税国費の収支関係を対照して観ると

年度	国税	国費	国税超過額
大正7年	３４４万4千円	９２万円	２５２万円4千円
大正8年	４６１万1千円	１０１万2千円	３５９万円8千円
大正9年	３８０万7千円	１２８万2千円	２５１万円3千円
大正10年	５８６万3千円	１６１万9千円	４２４万円4千円
大正11年	５５２万1千円	１７９万8千円	３７２万円3千円

即ち右の如く年々三四百万円以上の支払超過、即ち資金流出であるが、更に税外収入を加算するに於いては、独り国税関係のみに於いても同県の資金枯渇が逐年莫大なる額に上りつつあるに驚かざるを得ない、即ち大正十一年度に於ける同県内の政府収入は前期国税五百五十二万一千円の外に、関税収入、印紙収入、郵便収入、電信電話収入、官有財産収入及び雑収入、合計六百二十一万九千円の巨額に達する状態である。（中略）差引政府の収入超過額は實に四百四十二万円に達するのである。

『瀕死の琉球』　新城朝功　P30～

県輸移出入貿易並びに国費収支より来る資金流出状況を一瞥するに、最近十年間に於いて、累計、二千四百五十余万円の巨額に達し、さらでだに貧弱なる県経済を破滅に瀕せしむる。

『瀕死の琉球』　新城朝功　P42

参考資料（7）昭和初期の沖縄県の状況

（昭和5年の沖縄県の）国庫収入額四百六十萬円に比し、国庫支出が僅々百六十萬円であるということは、一體何を物語つてゐるものであろうか。沖縄縣が如何に中央から省みられなかつた、之を以ても證明される事実である。（中略）沖縄縣が、他府県の国庫支出に比して遥かに少ないといふ事実は右の数字の内容を研究すればすぐ理解されることである。（中略）差引三百萬円が年々沖縄の支払勘定となり、この孤島経済をそれだけ窮乏化してゐたことは事実」

『沖縄よ起《た》ち上がれ』親泊康永　P144

「沖縄は今日、決して生やさしい窮乏の下にあるのではない。政治的不平等と、経済的搾取と、更に社会的圧迫とは、総合されて沖縄に作用し、その結果の累積は、今や極度の疲弊困憊をもたらした。若しこのまま放置するならば、それは大いなる破局を予想されるのみである。……殊に沖縄は日本の縮図だと言はれてゐる。此の縮図が、遂に破綻の運命に際会するならば、それは我国のためにも、大いなる不吉の預言ではあるまいか、……

『沖縄よ起《た》ち上がれ』親泊康永　P204

大正末期から昭和初期にかけて沖縄県の疲弊していた経済にとって、移民からの送金はまさに頼みの綱でした。記録が残る１９１２（明治45）年から１９２１（大正10）年までおよそ１００万円前後が毎年送金されていますが、１９２９（昭和４）年の１９８万円という送金額は県歳入総額の66・４％に相当するほどでした。１９３３（昭和８）年には２００万円を突破し、１９３７（昭和12）年には3，５６７，０９４円とその頂点に達していました。

海外移住資料館　http://www.jomm.jp/newsletter/tayori26_02.html

参考資料（8）疎開の状況

一九四四年三月二二日、大本営は切迫した戦局に対応するため、沖縄守備軍（第三二軍）を新設し、同年五月ごろから、伊江島から石垣島にいたる全県下で中飛行場、小禄飛行場など一五ヵ所の飛行場建設を始めた。そして、この建設作業や、それに付属する軍の陣地構築に、沖縄住民は根こそぎ駆り出された。……元気な者はこぞって召集・徴用され、残った少ない人員で食糧増産と供出を続けなくてはならなくなった。……軍民一体となった突貫工事は（四四年五月頃から）四五年三月下旬の米軍上陸の直前まで続けられており、多くの沖縄県民が、政府や県の指導にもかかわらず、疎開する機会を実質的に奪われていた。日本軍への全面協力に追われる現場には、疎開を許すような空気はほとんどなかったという。結局、沖縄戦が始まるまでに県外に疎開できたのは、約五九万人の人口のうち、八万人ほどだった。

『証言沖縄戦の日本兵』　国森康弘　P4

サイパンの戦況が悪化し沖縄に駐屯部隊が続々と上陸し始めた44年7月上旬、鹿児島県と沖縄県は西南諸島から島民を県外疎開させるよう指令する内務省電報を受領した。県では、警察部が所管し、10万人の「県外引き揚げ」（沖縄県の疎開の正式名称）を決定した。対象は、65歳以上15歳未満と婦女・病者とし、他府県または台湾に縁故疎開をさせることとし、縁故なく転出するものには就職の斡旋をすることとした。一般疎開は7月中に完了を予定したがほとんど進展せず、7月17日に第1陣が出発してから45年3月上旬（3月20日説もある『沖縄県民と疎開』）最後の九州輸送まで、合計187隻で本土へ6万人、台湾へ2万2千人、計8万人余が主に宮崎県、熊本県、大分県に疎開した。

『定本沖縄戦』 柏木俊道 P48

沖縄から本土への引き揚げは、七月中旬になって、ようやく第一陣が鹿児島へ向かったが、そのほとんどは他府県出身者であった。これより少し先、沖縄では在郷軍人を中核として防衛隊が組織された。防衛隊は当初は十六歳以上四十五歳までとされていた。ところが戦況の緊迫に伴い、後には下は十四歳に引き下げられ、上は六十歳の老年まで、戦力となりうる男子は、ことごとく徴用された。そして、戦闘、警戒、陣地構築などのため各地区の防衛隊員にくみ込まれ、兵力不足の守備軍の作戦行動の支援に当てられた。したがって、一家の柱である男性は沖縄に残り、老幼婦女子だけが本土他府県の未知の土地へ疎開するということには不安があり、疎開希望者は少なかった。(中略)その後、疎開しない家族の児童の処遇が問題となり、文部省の助言もあって、一般疎開とは別に学童の集団疎開が計画された。そして一九四四年七月一九日、県の内政部長から、学童疎開に関する通達が、各学校にたいして送られた。(中略)こうして県教務課が中心となって疎開業務をすすめることになり、校長をはじめ教師たちは各家庭を訪問して、学童を疎開させるよう父兄の説得に当たった。その結果、ようやく八月二一日、学童疎開の第一陣をのせた特務艦対馬丸を出港させることができた。

『醜い日本人』 大田昌秀 P73

参考資料(9)沖縄戦の状況

（沖縄県には）他府県の県庁所在地にはほとんど設立されていたいわゆる郷土師団は最後まで作られなかった。……44年3月22日、屋久島以南及び与那国島以東の南西諸島を防衛するため、第32軍が創設され、4月1日その活動を開始した。（中略）44年11月、（三分の一の兵力の）第9師団を（台湾の）第10方面軍に差し出す事が決まったとき、牛島軍司令官は「沖縄作戦はこれで負けだ」と断言し、……

『定本沖縄戦』 柏木俊道 P36

大本営陸軍部は、（中略）45年1月には、最終決戦＝本土決戦の準備としてその要員150万人の「根こそぎ動員」を始めた。前年沖縄から引き抜かれた第9師団の補充に予定された第84師団の沖縄派遣もキャンセルされた。

『定本沖縄戦』 柏木俊道 P33

日本軍の現地自活第5「現地自活」では、「現地物資を活用し一木一草と雖も之を戦力化すべし」となっている。中国大陸や満州で戦ってきた外征軍部隊にとって、現地自活とは「略奪」と同義あるいは紙一重であったし、実際、満州事変以来外征軍はそのような「現地自活」をずっと続けてきた。また日本国内といっても、多くの兵士にとっては本土とは違う〝沖縄人＝土人〟という抜きがたい偏見があったから、駐留以来、数々のトラブルが絶えることがなかった。そして食料が欠乏し始めた戦いの後半には、日本兵は銃を突きつけて県民から食料を奪い、そのために県民を殺害さえした。日本軍の県民徴用第6項は、防衛隊や義勇隊・挺身隊・勤皇隊など名称はそれぞれだが、法規を超えた軍の勝手な召集、飛行場・壕・陣地造成への強制的徴集、救護班・炊事班などへの徴用の根拠となった。「郷土はおまえたちが守らなくて誰が守るのか」が、このような時の将兵たちの常用する言葉だった。そして、ついに夜間斬り込み、爆雷を背負っての対戦車特攻に、最初は道案内という名目で、最後は一般兵士より優先して選抜されるようになっていく。

『定本沖縄戦』　柏木俊道　P55

守備軍将兵は沖縄住民にスパイの嫌疑をかけ、「沖縄語ヲ以テ談話シアル者ハ間諜［スパイ］トシテ処罰ス」と軍会報（昭和二十年四月十日付）で報じ、じっさいに殺害した事例がある。

『首里城への坂道』　与那原恵　P272

米軍は四月一日に沖縄本島・読谷村の渡具知浜から上陸し、島を南北に完全に分断する。大半の日本軍や沖縄県民は本島南部に閉じ込められ、逃げ場を失う格好になった。南部の首里に軍司令部を置いていた沖縄守備軍は、激しい戦闘を重ねながらも、米軍の圧倒的な火力の前に敗走を余儀なくされた。五月下旬には戦力の三分の二を消耗して、ほぼ壊滅した。ここで、日本軍は首里を拠点に最後の総攻撃を決行して沖縄作戦に終止符を打つはずであったが、作戦方針が突然変更され、南部・島尻地区への撤退を五月二十二日、始めた。

『証言沖縄戦の日本兵』　国森康弘　P8

五月二十二日、日本軍司令部は軍団長会議を開き、首里を脱出して摩文仁に移動することを決めた。

五月二十七日夜七時すぎ、軍は南部に向けて撤退行進を始めた。この撤退には問題が二つあった。ひとつは、ひめゆり部隊などの学徒兵を引き連れていったことだ。もうひとつは、すでに南部に避難していた民間人を、否応なく戦闘に巻き込んでしまったことである。（中略）沖縄守備軍の牛島司令官は「沖縄守備軍の使命は、沖縄戦を一日たりとも長引かせ、本土決戦を有利に導くことである」として、最後の最後まで戦うという意思を述べ、（中略）軍首脳のこの決断で、沖縄戦は民間人を巻き込むもっとも悲惨な戦争となった。（中略）このころになると、日本軍はほとんど敗残兵の集団と化していた。軍兵士はガマを見つけるとわれ先に占拠し、砲弾を避けようと入ってくる民間人を恫喝し、銃を向けて追い払った。ときには民間人がすでに入っているガマを横取りし、先住の民間人を追い出した。家族連れで移動する民間人に多くの被害が出た。……

『兵隊先生　沖縄戦ある敗残兵の記録』　松本仁一　P161

沖縄守備軍・第三二軍が米軍の圧倒的な火力の前に壊滅状態に陥っていた一九四五年六月二三日、司令官の牛島満中将は自害した。しかしこのときでも、牛島中将が「一木一草に至るまで戦力化し、最後の一人になるまで戦え」という内容の言葉を残して死んだため、残った兵も住民も依然投降できないまま、その多くが（中略）命を落としていった。八月十五日以降になっても、沖縄住民の「自決」や日本軍による住民の処刑は見られた。石部隊独立歩兵第一三大隊、近藤一氏は「牛島中将が自決したときに部隊は戦闘をやめるべきだった。あるいは、首里を最後の攻防線として南下せずにそこで玉砕しておれば、ここまで住民を犠牲にすることはなかった」と表情をゆがめる。

『証言沖縄戦の日本兵』　国森康弘　P106

石部隊独立歩兵第一二大隊の山元又兵衛氏は「我々は、沖縄で戦争しなければ、本土がむちゃくちゃにやられるという危機感で戦った」と本音を漏らす。一方で「日本の兵隊が来たから住民が大勢死んでしまった」（座間味駐留の海上挺進第一戦隊の衛生班長、野村盛明氏）（中略）などの意見もある。本土の兵士の沖縄住民を見る目が猜疑的であればあるほど、住民はその不信を払拭するべく、日本軍への協力に身を尽くさねばならなかった。義勇隊に入るなど命がけで軍に奉公しない者は「非国民」扱いされた。結局独立高射砲第二七大隊の渡辺憲央氏が言うように、沖縄の人は「日本人以上に日本人であろうとしなければならなかった」。「集団自決」による犠牲が多数にのぼっただけでなく、本土の兵隊に銃を借り、投降を考える兵隊をよそに、「自決」した10代の少年らもいた。（石部隊独立歩兵第一二大隊の高島大八氏）かくして、沖縄の住民には、米軍への投降を許されないまま何らかの形で戦闘に参加し続けるか「自殺」する以外に、道が用意されていなかった。結果、約50万人の住民が巻き込まれ、県民15万人が亡くなったといわれる。

『証言沖縄戦の日本兵』　国森康弘　P107

参考資料（10）沖縄県の米軍基地

米軍は1952年の内灘砂丘（石川県）をはじめ、浅間山（長野県）や妙義山（群馬県）などで基地施設を拡張したりなど各地で強力な反対運動を繰り広げた。さらに群馬県の相馬ヶ原射撃場における農婦射殺事件は日米関係を緊張させ、立川飛行場の拡張計画をめぐる砂川闘争（東京都）は流血事件を生み逮捕者も出した。

『沖縄・米軍基地データブック』 高橋哲朗 P80

（1953年）当時、日本各地には、数多くの米軍基地が置かれていた。その多くは、旧日本軍の基地を接収したもので、およそ1353平方キロメートルに及んだ。本土と同様、沖縄でも多くの土地が基地となっていたが、本土と沖縄でその面積を比較すると、現在とは全く逆で、米軍基地の90％近くが日本本土に置かれていた。（中略）（海兵隊は）キャンプ岐阜とキャンプ富士（山梨）に司令部が置かれ、神奈川県横須賀市、静岡県御殿場市、滋賀県大津市、奈良県奈良市、大阪府和泉市・堺市、兵庫県神戸市などに部隊が駐留していた（後略）

『基地はなぜ沖縄に集中しているのか』 NHK取材班 P22

各地で米軍基地に対する不満が高まり、反対運動が強まっていくなか、海兵隊の部隊は、駐留からわずか四年後の1957年、日本本土から次々と姿を消していく。その向かった先が、沖縄だった。

……

『基地はなぜ沖縄に集中しているのか』 NHK取材班 P27

海兵隊の移駐に伴って、沖縄では基地の面積が1・8倍に拡大、本島面積の20％に至った。その一方で、日本本土ではこの時期、米軍基地が、海兵隊の移駐に伴う分以上に縮小された。1957年に行われた日米首脳会談で、日本に駐留する米軍の陸上兵力を全面撤退させることが、両政府によって合意されたからである。この結果、1960年の在日米軍基地の面積はおよそ335平方キロメートルと、十年前のおよそ四分の一にまで縮小、（後略）

『基地はなぜ沖縄に集中しているのか』　NHK取材班　P60

昭和四十四年（1969年）十一月、「佐藤・ニクソン会談」による共同声明が発表され、沖縄返還を四十七年中に実施するとし、具体的な協議に入ることに合意した。しかし、日本政府は核の有事持ち込み、事前協議の弾力的運用など、米政府の要求に譲歩し、沖縄の米軍基地の整理・統合・縮小についてはなにもふれられなかったため、沖縄では大規模な抗議集会がひらかれた。

『首里城への坂道』　与那原恵　P333

沖縄の本土復帰について話し合われた1972年1月の日米首脳会談。（中略）両政府はある基地返還計画を打ち出していた。佐藤栄作総理大臣とニクソン大統領の間で行われた（中略）関東計画」である。これは、首都圏のアメリカ空軍基地の大幅削減を目的としたもので、軍の機能を郊外の横田基地に集約させる代わりに、六つの基地を日本側に返還するというものだった。対象となったのは、東京都府中市の府中空軍施設、立川市の立川飛行場、茨城県ひたちなか市の水戸空対地射爆撃場など。……これら六つの基地の返還面積の合計は沖縄の普天間基地の四つ分以上に相当し、その返還が正式な合意からわずか五年あまりですべて実現するというスピードだった。

『基地はなぜ沖縄に集中しているのか』　NHK取材班　P66

前年の1971年、（中略）米軍は、3月から順次、横田基地周辺で騒音問題の一番の原因であったF4戦闘爆撃機・ファントムの部隊を、横田基地から移転させていた。その移転先こそが、復帰前の沖縄・嘉手納基地だった。

『基地はなぜ沖縄に集中しているのか』 NHK取材班 P73

関東計画に代表される基地返還計画や、海兵隊・陸上戦闘部隊の撤退や沖縄への移転などにより、急速に減少していた基地。1960年に約33500ヘクタールにまで減少していた基地は、沖縄が本土に復帰した1972年時点で約19500ヘクタールに、さらに1980年には約8500ヘクタールにまで減少した。

『基地はなぜ沖縄に集中しているのか』 NHK取材班 P77

沖縄の日本「復帰」直後の1972年から73年にかけて、米国国防総省は沖縄の海兵隊基地を米本国の基地に統合する案を検討していた。（中略）それが実現しなかったのは、日本政府が海兵隊の沖縄駐留維持を求めたからだ——。（中略）日本政府は、「日本防衛のために、いつでも米軍が立ち上がるという意思の確証を与えるため、海兵隊の沖縄常駐が必要である」などとして、日本への駐留継続を求めた。……要するに、米国のすることに日本は口を出せないどころか、米軍が沖縄から撤退しようとしているのに、日本がそれを引き留めていた。敗戦直後、九対一だった「本土」と沖縄の米軍基地面積の比率は、こうした流れの中で、「復帰」のころにはおよそ一対一になり、そしてその後も、現在の一対三に至るまで、沖縄の負担比率が増していくことになる。

『沖縄の米軍基地　県外移設を考える』　高橋哲哉　P54

小泉政権で防衛庁長官、第二次安倍政権で防衛大臣を歴任する中谷元氏は、自衛隊出身で自民党「国防族」の代表的存在であるが、２０１４年３月……こう述べている。「理解をしてくれる自治体があれば、移転できますけど、なかなか、米軍反対とか言うところが多くてですね、なかなか米軍基地の移転というのが進まないということで、沖縄に集中しているのが現実なんですね。」

『沖縄の米軍基地　県外移設を考える』　高橋哲哉　P64

「本土」の私たちは「県外移設」を受け入れるべきだ　高橋哲哉（哲学者／東京大学大学院総合文化研究科教授）

http://politas.jp/features/7/article/399

そもそも沖縄の海兵隊は、「本土」にいた部隊が沖縄に移駐したものである。１９５０年代、岐阜と山梨に司令部が置かれ全国に分散駐留していた海兵隊は、「本土」での反基地・反米感情の高まりを恐れた日米両政府によって沖縄に移され、「隔離」された。復帰後の１９７６年、１９７９年にも、沖縄県民の反対を押し切って岩国から部隊が移駐している。一方、日本政府は１９７２年、在沖海兵隊の撤退の動きがあった時にはこれを引き留めている。１９９５年の少女暴行事件後も、米国側が米軍の撤退や大幅削減や本土移設の選択肢を検討した際、日本政府がこれらを望まず、普天間飛行場の県内移設へとつながっていったと、交渉に当たったモンデール駐日大使（当時）が証言している。さらに、２０１２年２月、米軍再編の見直し協議のなかで、米国政府が在沖海兵隊約１５００人の岩国基地移駐を打診してきたが、山口県や岩国市の反発を受けて当時の野田政権がこれを拒否した。これらの経緯からわかるのは、沖縄への米軍集中がまさに政治的に作られたものであること、そして日本政府は「本土」の利益のために、沖縄への米軍隔離を望んできたことである。

参考資料（11）縄文人と渡来系弥生人

日本人類遺伝学会誌　総合研究大学院大・国立遺伝子研究所・東京大（２０１２）日本列島３人類集団の遺伝的近縁性

https://www.soken.ac.jp/news/5276/

国立遺伝学研究所集団遺伝研究部門の斎藤成也教授、東京大学大学院医学系研究科人類遺伝学専攻分野の徳永勝士教授、東京大学大学院理学系研究科・理学部の尾本惠市名誉教授を中心とする研究グループは、日本列島人（アイヌ人、琉球人、本土人）のゲノム解析により、現代日本列島人は、縄文人の系統と、弥生系渡来人の系統の混血であることを支持する結果を得た。

……アイヌ人からみると琉球人が遺伝的にもっとも近縁であり、両者の中間に位置する本土人は、琉球人に次いでアイヌ人に近いことが示された。……このことは、現代日本列島には旧石器時代から日本列島に住む縄文人の系統と弥生系渡来人の系統が共存するという、二重構造説を強く支持する。

国立科学博物館・神澤秀明（２０１５）縄文人の核ゲノムから歴史を読み解く
http://www.brh.co.jp/seimeishi/journal/087/research/1.html
現代日本列島人の成立ちを説明する学説として、１９９１年に形態研究に基づいて提唱された「二重構造説」がある。これは、縄文人と渡来民が徐々に混血していくことで現代の日本列島人が形成されたという説で、列島の端に住むアイヌと琉球の集団は、縄文人の遺伝要素を多く残すとしている。近年、行なわれた日本列島人の大規模なDNA解析からも、基本的にはこの説を支持する結果が得られている。

参考資料⑫　国連委員会による見解

国連自由権規約委員会による最終見解　（パラグラフ　22～34／全34中）　日本より提出された第5回定期報告審査　ジュネーブにて　自由権規約委員会第94回会期２００８年10月13日～31日
https://blogs.yahoo.co.jp/jrfs20040729/5008700.html ３２．
委員会は、締約国がアイヌや琉球・沖縄を、特別な権利と保護の資格対象となる固有民族として公式に認定していないことを憂慮する。（第27条）締約国は、アイヌや琉球・沖縄を国内法で固有民族として明白に認め、保護するための特別措置を採択し、彼らの文化遺産や伝統的な生活様式を保全・奨励し、彼らの土地所有権を認めるべきだ。また、アイヌや琉球・沖縄の人たちが、彼らの言語の、あるいはその言語での、また彼らの文化についての教育を受ける十分な機会を提供し、通常のカリキュラムの中にアイヌや琉球・沖縄の文化に関する教育を含めるべきである。

国連人種差別撤廃委員会の先住民族の承認を求める最終見解　２０１４年8月30日
https://ryukyushimpo.jp/news/prentry-230843.html
国連の人種差別撤廃委員会は２９日、日本政府に対し、沖縄の人々は「先住民族」だとして、その権利を保護するよう勧告する「最終見解」を発表した。「彼らの権利の促進や保護に関し、沖縄の人々の代表と一層協議していくこと」も勧告し、民意の尊重を求めた。琉球・沖縄の言語や歴史、文化についても、学校教育で教科書に盛り込むなどして保護するよう対策を促した。委員会は日本政府に対し、勧告を受けての対応を報告するよう求めている。同委員会は２０１０年に、沖縄への米軍基地の集中について「現代的な形の人種差別だ」と認定し、差別を監視するために、沖縄の人々の代表者と幅広く協議を行うよう勧告していた。今回は米軍基地問題に言及しなかった。最終見解は、ユネスコ（国連教育科学文化機関）が琉球・沖縄について特有の民族性、歴史、文化、伝統を認めているにもかかわらず、日本政府が沖縄の人々を「先住民族」と認識していないとの立場に「懸念」を表明。「彼らの権利の保護に関して琉球の代表と協議するのに十分な方法が取られていない」ことに対しても懸念を表した。

数学・物理・相対論の内容に関しては、筆者の「物理化学まとめ」「相対論数学ノート」（理系教育ネット）http://butsurikoushin.web.fc2.com/ をご参照ください。

1972『近代沖縄の政治構造』大田昌秀　勁草書房
1981『琉球処分以後』新川明　朝日新聞社
1982『総史沖縄戦』大田昌秀　岩波書店
1984『証言沖縄戦』石原昌家　青木書店
1990『琉球処分』渡久山寛三　新人物往来社
1994『戦争と教育』森杉多　近代文藝社
『私が歩んだ道』川上雄善
『沖縄県民斯ク戦ヘリ』田村洋三　講談社
1995『沖縄の民衆意識』大田昌秀　新泉社
『ヤマト嫌い　沖縄言論人 池宮城秀意の反骨』森口豁　講談社
『戦後の沖縄を創った人　屋良朝苗伝』喜屋武真栄　同時代社
2000『醜い日本人（新編）』大田昌秀　岩波書店
2003『戦争・辻・若者たち』船越義彰　沖縄タイムス社
2004『沖縄県の歴史』安里進ほか　山川出版社
2006『沖縄にはなぜ米軍基地が多いのか』田島朝信　熊本出版文化会館
『オキナワと少年』伊佐千尋　講談社
2007『昭和前期の青春』山田風太郎　筑摩書房
2008『証言　沖縄戦の日本兵』国森康弘　岩波書店
『生還　激戦地沖縄の生き証人60日の記録』上地保　幻冬舎ルネッサンス
2010『現代沖縄の歴史経験』富山 一郎，森 宣雄 編著（「もうひとつの「沖縄戦」上地美和」）青弓社
2011『最前線兵士が見た「中国戦線・沖縄戦の実相」』近藤一・宮城道良　学習の友社
『沖縄・米軍基地データブック』高橋哲朗　沖縄探見社
『基地はなぜ沖縄に集中しているのか』NHK取材班　NHK出版
『上杉茂憲　沖縄県令になった最後の米沢藩主』童門冬二　祥伝社
2012『定本沖縄戦』柏木俊道　彩流社
『兵隊先生　沖縄戦、ある敗残兵の記録』松本仁一　新潮社
2013『首里城への坂道』与那原恵　筑摩書房
『島惑ひ』伊波敏男　人文書房
2014『沖縄　島人の歴史（翻訳・原著 1958）』ジョージ・H・カー　勉誠出版
2015『沖縄戦捕虜の証言』保坂廣志　紫峰出版
『沖縄の米軍基地「県外移設」を考える』高橋哲哉　集英社新書

昭和 47 年（1972）沖縄返還　日米首脳会談で首都圏米空軍基地削減合意（立川基地返還）
昭和 50 年（1975）沖縄国際海洋博覧会
昭和 51 年（1976）米海兵隊が岩国から沖縄へ移駐
昭和 54 年（1979）も同様の移駐
昭和 53 年（1978）日中平和友好条約
昭和 61 年（1986）バブル経済～ 91
平成元年（1989）天安門事件
平成 3 年（1991）ソ連崩壊
平成 7 年（1995）米兵少女暴行事件
平成 8 年（1996）普天間基地県内移設合意（名護市辺野古新基地）大田県知事は不同意
米軍基地の整理・縮小について賛否を問う県民投票（91.26% が賛成）
平成 13 年（2001）アメリカ同時多発テロ事件
平成 16 年（2004）沖縄国際大学米軍ヘリ墜落事件
平成 19 年（2007）先住民族の権利に関する国際連合宣言
平成 20 年（2008）アイヌを先住民族として認める国会決議
平成 24 年（2012）尖閣諸島国有化　日本政府が在沖海兵隊の岩国移駐を拒否
平成 26 年（2014）国連が日本政府に対し沖縄の人々を先住民族として認めるように勧告
平成 30 年（2018）辺野古新基地埋め立て開始

参考図書

1923『沖縄一千年史』真境名安興　日本大学
1925『瀕死の琉球』新城朝功　越山堂
1933『沖縄よ起ち上がれ』親泊康永　新興社
1950『鉄の暴風　沖縄戦記』沖縄タイムス社
1958『OKINAWA:The History of an Island People』George Henry Kerr
1959『沖縄の歴史』比嘉春潮　沖縄タイムス社
1968『沖縄経済史』饒平名浩太郎　沖縄風土社
1969『醜い日本人』大田昌秀　サイマル出版会
『沖縄の百年』（歴史編　近代沖縄の歩み　上下）新里金福・大城立裕　琉球新報社
1970『沖縄ノート』大江健三郎　岩波書店

10. 米軍がフィリピンのレイテ上陸　11. 第9師団が台湾へ移動
昭和 20 年（1945）3. 中等学校・師範学校・女学校などに召集→鉄血勤皇隊・従軍看護婦隊　4. 沖縄戦～ 6
沖縄県民（開戦時不明）死者・行方不明約 122,228 人（15 万人以上？）内軍属（護郷隊・鉄血勤皇隊・従軍看護婦隊を含む）28,228 人　鉄血勤皇隊死亡 58%・従軍看護婦隊死亡 49%　民間人約 94,000 人（沖縄県生活福祉部援護課 1976 年 3 月発表）
本土出身兵（開戦時実数不明）死者・行方不明 65,908 人　沖縄から本土への軍人・軍属の引き揚げ者 57,346 人（2006 年 1 月厚生労働省まとめ）
アメリカ軍（開戦時 54 万人以上）死者・行方不明 12,520 人
5. ドイツ降伏　8. 広島長崎に原爆ソ連の対日参戦　日本の無条件降伏

昭和 21 年（1946）日本国憲法公布　沖縄民政府が発足
昭和 22 年（1947）天皇メッセージ　米国による琉球諸島の軍事占領の継続を要望
昭和 24 年（1949）中華人民共和国成立　沖縄で米軍基地建設本格化
昭和 25 年（1950）朝鮮戦争～ 53
昭和 26 年（1951）サンフランシスコ講和条約　日米安全保障条約以降、沖縄の米軍基地強化策で農地を強制収容「島ぐるみ土地闘争」
昭和 27 年（1952）石川県内灘、長野県浅間山、群馬県妙義山で米軍基地反対闘争
昭和 28 年（1953）奄美大島返還協定　真和志、小禄、宜野湾村、伊江島で基地強制収用
昭和 29 年（1954）高度経済成長～ 73
米軍による沖縄住民のボリビアへの強制移住～ 64
昭和 30 年（1955）砂川闘争　在日米軍立川飛行場（東京立川基地）の拡張に反対～ 69
この前後、岐阜と山梨に司令部がある全国の米海兵隊が沖縄へ移駐
昭和 31 年（1956）日ソ共同宣言　日本の国連加盟
昭和 32 年（1957）在日米軍発足　日本本土からの地上戦闘部隊の撤退を発表
昭和 34 年（1959）宮森小学校への米ジェット機墜落事故
昭和 35 年（1960）沖縄県祖国復帰協議会　普天間基地が海兵隊ヘリ基地として稼働開始
昭和 39 年（1964）東京オリンピック
昭和 40 年（1965）ベトナム戦争～ 75
昭和 43 年（1968）B52が北爆のため嘉手納基地に常駐開始
九州大米ジェット機墜落事故→板付飛行場は 1972 年に返還され、福岡空港となる
昭和 44 年（1969）佐藤・ニクソン共同声明（沖縄の米軍基地にはふれず　核兵器密約問題）
昭和 45 年（1970）コザ暴動
昭和 46 年（1971）佐藤・ニクソン会談　沖縄返還協定締結　沖縄返還協定批准反対デモ

明治 42 年（1909）第一回県議会議長選挙　民友倶楽部 (那覇平民派)⇔同志会 (首里閥族)
明治 44 年（1911）辛亥革命～（1912）中華民国成立　沖縄県所得総額 700 万円 (他府県で最下位の鳥取県の半額以下）年平均所得 / 税引後　沖縄 14 円 /8 円　⇔本土 46 円 /37 円
明治 45 年（1912）沖縄初の衆議院議員選挙
大正 3 年（1914）第一次世界大戦～ 18　沖縄県営鉄道 (那覇 - 与那原間）が開通
大正 6 年（1917）民友派 (政友会系）選挙勝利　沖縄県人口 50 万人　満蒙・ハワイへの移民　一中校長による方言取り締令
大正 7 年（1918）シベリア出兵　米騒動　砂糖相場急落　ソテツ地獄→県外海外出稼ぎ
大正 8 年（1919）パリ講和会議　5・4反日運動　中国国民党　二中北谷から那覇へ移転
大正 11 年（1922）アインシュタイン来日
大正 12 年（1923）関東大震災
大正 13 年（1924）米排日移民法　ソテツ地獄（～昭和初期）
沖縄県歳入 552 万⇔歳出 189 万
大正 14 年（1925）治安維持法　普通選挙法　軍事教練　沖縄青年同盟
大正末　約7万人の本土出稼ぎ　約2万人の北米・南米・ハワイ・南洋移民
昭和元年（1926）物価　コーヒー・カレー 10 銭、初任給 50 円　円本　ワイシャツ 2 円
昭和 2 年（1927）芥川龍之介自殺
昭和 3 年（1928）第一回普通選挙　沖縄に特高警察設置
昭和 4 年（1929）世界恐慌　海外移民からの送金 198 万円 (県歳入の 66.4%)
昭和 5 年（1930）沖縄教育労働組合（OIL）沖縄県歳入 460 万⇔歳出 160 万
昭和 6 年（1931）満州事変　OIL 事件（4 人を治安維持法違反で起訴　13 人懲戒免職)
昭和 7 年（1932）教員赤化事件 (本島八重山)
昭和 8 年（1933）日本の国連脱退　県令井野次郎による新規産業振興策と大規模移民計画
昭和 11 年（1936）2・26事件　日独防共協定　私立開南中学校
昭和 12 年（1937）盧溝橋事件　日中戦争開始「アカ狩り」小学校教員等 13 人逮捕
昭和 13 年（1938）国家総動員法「ユタ狩り」（15 人検挙 1 人自殺）南洋移民募集広告
昭和 14 年（1939）標準語励行運動　日給1円　5. ノモンハン事件　9. 第二次世界大戦～ 45
昭和 15 年（1940）日独伊三国同盟　大政翼賛会　方言撲滅運動　日本民芸協会
昭和 16 年（1941）4 国家総動員法　7 大招集で徴兵増加　12 真珠湾攻撃　太平洋戦争始まる
昭和 17 年（1942）南西諸島近海の民間船舶の遭難～ 45　43 隻 11015 人
昭和 18 年（1943）東条英機来沖　沖縄航路船舶沈没（嘉義丸等4隻 1490 人死亡）
昭和 19 年（1944）2. 第 32 軍新設　以降、飛行場・陣地建設に強制動員　3. 東京大空襲
7. サイパン玉砕　老幼婦女子の疎開決定 (対象者 30 万人中実施 8 万人)
8. 学童集団疎開開始対馬丸沈没（1484 人死亡）10・10 空襲以降生徒疎開禁止

宝暦４年（1754）薩摩藩が木曽三川改修工事（宝暦治水）に着手
明和８年（1771）八重山で地震による大津波
文政10年（1827）薩摩藩が藩政改革藩債整理、砂糖専売制の強化、琉球貿易の拡大
嘉永６年（1853）黒船が那覇に来航　アメリカ海軍のペリー提督が開港を求める
安政元年（1854）日米和親条約　琉米修好条約
安政５年（1858）日米修好通商条約　安政の大獄
安政６年（1859）琉蘭修好条約
文久元年（1861）文替わり始まる（銅銭一文⇔鉄銭二文）
文久２年（1862）坂下門外の変　生麦事件　薩摩藩が２、３年に渡って毎年百万両相当の琉球通宝を鋳造
文久３年（1863）薩英戦争　以降、西郷隆盛ら倒幕派の下級武士が藩の主導権
慶応２年（1866）薩長同盟　第二次長州征伐
慶応３年（1867）大政奉還
明治元年（1868）戊辰戦争始まる　文替わり（銅銭一文⇔鉄銭三十二文）
明治２年（1869）戊辰戦争終わる版籍奉還
明治４年（1871）廃藩置県（琉球以外の全国で実施）琉球王国を鹿児島県の管轄とする
明治５年（1872）琉球処分①琉球国→琉球藩　琉球士族3/10⇔薩摩士族1/4⇔日本全国の士族1/20
明治６年（1873）日本本土の徴兵令、地租改正　征韓論争で西郷、板垣ら下野
明治７年（1874）台湾出兵
明治８年（1875）琉球処分官松田道之が来沖　大湾朝巧の探訪報告書
明治10年（1877）西南戦争

－－

明治12年（1879）琉球処分②廃藩置県（琉球藩→沖縄県）琉球諸島三分案　脱清人～16
明治14年（1881）上杉茂憲知事
明治15年（1882）沖縄県歳入65万⇔歳出45万
明治22年（1889）大日本帝国憲法公布
明治23年（1890）第一回衆議院議員選挙、教育勅語
明治25年（1892）奈良原知事（薩摩藩出身）杣山の民間払い下げ
明治27年（1894）朝鮮出兵　日清戦争～95
明治28年（1895）下関条約　三国干渉　沖縄尋常中学校ストライキ事件～96
明治31年（1898）沖縄県徴兵令（参政権なし）（1898～1915　徴兵忌避者774人）
明治32年（1899）沖縄倶楽部「沖縄時報」謝花昇・民権論・民友派⇔同志会　人類館事件　沖縄初のハワイ移民～1906で4500人　北海道旧土人保護法
明治36年（1903）沖縄県地租改正　土地整理事業完了　先島諸島の人頭税廃止　方言札
明治37年（1904）日露戦争　沖縄出身兵約2000人中205人戦死初任給５円

関連歴史年表

文治３年（1187）初代琉球国王舜天が即位
建久３年（1192）源頼朝が鎌倉幕府を開く
正元元年（1259）英祖王が禅譲により即位
文永3年（1266）奄美大島など東北の諸島が入貢
正応４年（1291）元が琉球に来寇するが失敗
永仁４年（1296）元が再度琉球に来冠するが撃退
正和３年（1314）この頃より三山時代（北山・中山・南山）
延元元年・建武３年（1336）尊氏が足利幕府を開く
正平 23 年・応安元年（1368）明の太祖が即位
元中９年・明徳元年（1392）年　久米三十六姓が帰化
永享元年（1429）第一尚氏王統の尚巴志の三山統一　琉球王国が成立
嘉吉元年（1441）島津忠国が足利義教から琉球を与えられる
長禄２年（1458）護佐丸・阿麻和利の乱
文明2年（1470）金丸（尚円王）が王位を継承し、第二尚氏王統が成立
明応９年（1500）琉球王国が石垣島のオヤケアカハチの乱を平定
大永２年（1522）琉球王国が与那国島を制圧
元亀２年（1571）琉球王国が奄美群島北部まで制圧
文禄元年（1592）秀吉の朝鮮出兵　文禄の役
慶長２年（1592）慶長の役
慶長５年（1600）関ヶ原の戦
慶長８年（1603）徳川家康が江戸幕府を開く
慶長 10 年（1605）野国総管による甘藷（いも）移入

－－－－－－－－－－－－－－－－－－－－－－－－－－－－－－－－－－－

慶長 14 年（1609）島津の琉球出兵　奄美が島津藩に配属　琉球国が島津藩の所管
慶長 16 年（1611）慶長検地８万 9086 石
元和９年（1623）儀間真常が甘蔗（さとうきび）からの製糖を開始
寛永８年（1631）薩摩藩が琉球に在番奉行、大阪に薩摩定問屋を置く
寛永 11 年（1634）家光より島津に領地朱印状「薩摩、大隅、日向の他、琉球国 12 万石」
寛永 12 年（1635）寛永検地９万 883 石（琉球諸島）盛増は高 100 石につき７石３斗、上木税は芭蕉地、唐苧地などの地や桑、棕櫚、漆などの木に税
寛永 14 年（1637）先島諸島に人頭税を課す（～ 1903 年）
正保１年（1644）明滅亡（北京陥落）→韃靼の清成立→（1645）（南京陥落）
寛文６年（1666）貢租の三分の一を砂糖で代納
享保 12 年（1727）島津への貢租約１万 2000 石盛増 100 石につき３石６斗８升が増額

==

Einsteinテンソル Gmn=Rmn-R(gmn/2)=-κTmn=κ(-ρc2, P, P, P)=(ρ+P/c2)uiukPgik

◎G00=R00-(g00/2)R=(A/B)[-A''/2A+A'A'/4AA+A'B'/4AB-A'/rA]* -(A/2)[-A''/A+(A'/2A)(A'/A+B'/B)+(-2/r)(A'/A-B'/B)+2(B-1)/r2]/B
=(A/B)[-A''/2A+A'A'/4AA+A'B'/4AB-A'/rA]+(A/B)[A''/2A-(A'/4A)(A'/A+B'/B)+(1/r)(A'/A-B'/B)+(1-B)/r2]
=(A/B)[(-B'/rB)+(1-B)/r2]=eν-λ[-λ'/r+(1-eλ)/r2]*

①G11=R11-(g11/2)R=[-A''/2A+A'A'/4AA+A'B'/4AB+B'/rB]* -(B/2)[-A''/A+(A'/2A)(A'/A+B'/B)+(-2/r)(A'/A-B'/B)+2(B-1)/r2]/B
=[-A''/2A+A'A'/4AA+A'B'/4AB+B'/rB] +[A''/2A-(A'/4A)(A'/A+B'/B)+(1/r)(A'/A-B'/B)+(1-B)/r2]
=[(A'/rA)+(1-B)/r2]2 =[ν'/r+(1-eλ)/r2]*

②G22=R22-(g22/2)R=[-rA'/2A+rB'/2B+(B-1)]/B* -(r2/2)[-A''/A+(A'/2A)(A'/A+B'/B)+(-2/r)(A'/A-B'/B)+2(B-1)/r2]/B
=[-rA'/2A+rB'/2B+(B-1)]/B+[r2A''/2A-(r2A'/4A)(A'/A+B'/B)+(rA'/A-rB'/B)-(B-1)]/B
=[r2A''/2A+(r/2)(A'/A-B'/B)-(r2A'/4A)(A'/A+B'/B)]/B
=[r2(ν'2+ν'')/2+(r/2)(ν'-λ')-(r2ν'/4)(ν'+λ')]/B=[r2(ν'2+ν'')/2+r(ν'-λ')/2-r2ν'(ν'+λ')/4]/B*

③G33=R33-(g33/2)R=[-rA'/2A+rB'/2B+(B-1)]s2θ/B* -(r2s2θ/2) [-A''/A+(A'/2A)(A'/A+B'/B)+(-2/r)(A'/A-B'/B)+2(B-1)/r2]/B
=[-rA'/2A+rB'/2B+(B-1)]s2θ/B+[r2A''/2A-(r2A'/4A)(A'/A+B'/B)+(rA'/A-rB'/B)-(B-1)]s2θ/B =G22s2θ

```
================================================================================
曲率テンソル Rab,mn                            =|R0101              |=|①[-2A''+A'A'/A+A'B'/B]/4A                |
={abn},m-{abm},n+{pbn}{apm}-{pbm}{apn}  |R0202 R1212        | |②-rA'/2AB      ④{rB'/2BB}               |
                                         |R0303 R1313 R2323| |③{-rA'/2AB}s2θ ⑤{rB'/2BB}s2θ ⑥(1-B)s2θ|
                              ×gaa/gbb   |R1010              |=|①'[-2A''+A'A'/A+A'B'/B]/4B |
                              ─────→    |R2020 R2121        | |②'-A'/2rB ④' B'/2rB        |
                                         |R3030 R3131 R3232| |③'-A'/2rB ⑤'B'/2rB ⑥'1-B |
①R0101=-{010},1+{111}{010}-{010}{001}=-(A''A-A'A')/2AA+{B'/2B}{A'/2A}-{A'/2A}{A'/2A}
  =(-2A''+2A'A'/A)/4A+{A'B'/B}/4A-{A'A'/A}/4A  =[-2A''+A'A'/A+A'B'/B]/4A
②R0202={122}{010}={-r/B}{A'/2A}=-rA'/2AB
③R0303={133}{010}={-rs2θ/B}{A'/2A}=-rs2θA'/2AB=R0202s2θ
④R1212={122},1+{122}{111}-{122}{221}=(-B+rB')/BB+{-r/B}{B'/2B-1/r}={-1/B+rB'/BB}+{-rB'/2BB+1/B}={rB'/2BB}
⑤R1313={133},1+{133}{111}-{133}{331}=s2θ(-B+rB')/BB+{-rs2θ/B}{B'/2B-1/r}={-1/B+rB'/BB}s2θ+{-rB'/2BB+1/B}s2θ={rB'/2BB}s2θ
⑥R2323={233},2+{133}{212}-{332}{233}=(s2θ-c2θ)+{-rs2θ/B}{1/r}-{cθ/sθ}{-sθcθ}=(s2θ)-{s2θ/B}=s2θ(1-1/B)=s2θ(B-1)/B
  ↓×gaa/gbb
①'R1010=g00[R01,01]/g11=[①](A)/B
②'R2020=g00[R0202]/g22=[②](A)/r2
③'R3030=g00[R0303]/g33=[③](A)/r2s2θ
④'R21,21=g11[R1212]/g22=[④]B/r2
⑤'R31,31=g11[R1313]/g33=[⑤]B/r2s2θ
⑥'R3232=g22[R2323]/g33=[⑥]r2/r2s2θ
        ↓
Ricciテンソル Rmn=Rpm,pn=R1m,1n+R2m,2n+R3m,3n
◎R00=Rp0,p0=R10,10+R2020+R30,30 =[①](A)/B +[②](A)/r2 +[③](A)/r2s2θ
                                  =[-2A''+A'A'/A+A'B'/B]/4B+[-A'/2rB]+[-A'/2rB]  =(A/B)[-A''/2A+(A'/4A)(A'/A+B'/B)-A'/rA] *
①R11=Rp1,p1=R01,01+R2121+R31,31 =[①]        +[④]B/r2    +[⑤]B/r2s2θ
                                  =[-2A''+A'A'/A+A'B'/B]/4A+[B'/2rB]+[B'/2rB]     =[-A''/2A+(A'/4A)(A'/A+B'/B)+B'/rB] *
②R22=Rp2,p2=R02,02+R12,12+R32,32 =[②]          +[④]          +[⑥]/s2θ
                                  =[-rA'/2AB]+[rB'/2BB]+[B-1]/B                    =[-rA'/2A+rB'/2B+(B-1)]/B *
③R33=Rp3,p3=R03,03+R13,13+R23,23 =[③]          +[⑤]          +[⑥]
                                  =[-rs2θA'/2AB]+{rB'/2BB}s2θ+s2θ[B-1]/B      =[-rA'/2A+rB'/2B+(B-1)]s2θ/B=R22s2θ *
→A=-eν(r), B=eλ(r)のとき R00=e-λ+ν[ν''/2+ν'(ν'-λ')/4+ν'/r],R11=[-ν''/2-ν'(ν'-λ')/4+λ'/r]
                          ,R22=re-λ(-ν'+λ')/2+(1-e-λ),R33=[re-λ(-ν'+λ')/2+(1-e-λ)]s2θ
→A=-(1-a/r), B=1/(1-a/r)のとき R00=R11=R22=R33=0

================================================================================
 | ◎R00/g00 = [①]/B +[②]/r2 +[③]/r2s2θ        ①=[-2A''+A'A'/A+A'B'/B]/4A  →2[①]/B=[-A''/A+A'A'/2AA+A'B'/2AB]/B
 | ①R11/g11 = [①]/B +[④]/r2 +[⑤]/r2s2θ        ②+④=[-rA'/2AB]+[rB'/2BB]  →2[②+④]/r2=[-A'/rAB}+[B'/rBB]=[-A'/rA+B'/rB]/B
 | ②R22/g22 = [②]/r2 +[④]/r2 +[⑥]/r2s2θ       ③+⑤+⑥=[-rs2θA'/2AB} +[rB'/2BB]s2θ+s2θ(B-1)/B ☆
 ↓ ③R33/g33 = [③+⑤+⑥]/r2s2θ                 →2[③+⑤+⑥]/r2s2θ=[-A'/rAB} +[B'/rBB]+[(B-1)/Br2]=[-A'/rA+B'/rB+2(B-1)/r2]/B

スカラー曲率 R=gmnRmn =R00/g00+R11/g11+R22/g22+R33/g33 =R00/A+R11/B+R22/r2+R33/r2sin2θ= 2[①]/B +2[②+④]/r2 +2[③+⑤+⑥]/r2s2θ
                     =[-A''/A+A'A'/2AA+A'B'/2AB]/B+[-A'/rA+B'/rB]/B☆+[-A'/rA+B'/rB+2(B-1)/r2]/B
                     =[-A''/A+(A'/2A)(A'/A+B'/B)+(-2/r)(A'/A-B'/B)+2(B-1)/r2]/B * (7)
          ↓A''/A=[-eνν']'/[-eν]=(-eνν'2-eνν'')/[-eν]=(ν'2+ν'')  , A'/A=[-eνν']/[-eν]=ν', B'/B=[eλλ']/[eλ]=λ'
R=[-(ν'2+ν'')+(ν'/2)(ν'+λ')+(-2/r)(ν'-λ')+2(eλ-1)/r2]/eλ  =[-(ν'')+(ν'/2)(-ν'+λ')+(2/r)(-ν'+λ')+2(eλ-1)/r2 ]/eλ*
```

```
↓                                                                                                                           ↓
▼Lagrange方程式 (∂L/∂qi・)・-(∂L/∂qi)=0 ←――――――――――――  ∂L/∂qi=[gii,k]qi・2/2   ←―――――――――――――――――
◎(g00)t・・+(g00,1)t・r・=0 (2+0)                                ⇔[g00,0]t・2/2+[g11,0]r・2/2+[g22,0]θ・2/2+[g33,0]φ・2/2 (0)
①(g11)r・・+(g11,1)r・2-(g00,1/2)t・2-(g11,1/2)r・2-(g22,1/2)θ・2-(g33,1/2)φ・2=0 (2+4)
                                                                ⇔[g00,1]t・2/2+[g11,1]r・2/2+[g22,1]θ・2/2+[g33,1]φ・2/2 (4)
②(g22)θ・・+(g22,1)r・θ・-(g33,2/2)φ・2=0 (2+1)                    ⇔[g00,2]t・2/2+[g11,2]r・2/2+[g22,2]θ・2/2+[g33,2]φ・2/2 (1)
③(g33)φ・・+(g33,1)r・φ・+(g33,2)θ・φ・=0 (3+0)                    ⇔[g00,3]t・2/2+[g11,3]r・2/2+[g22,3]θ・2/2+[g33,3]φ・2/2 (0)

===========================================================================
↓÷g00=[-A(t,r)]↓÷g11=[B(t,r)]↓÷g22=r2 ↓÷g33=r2sin2θ←g11,1-g11.1/2=g11,1/2
▲測地線方程式[(∂L/∂qi・)・-(∂L/∂qi)]/gii=0                                     ☆☆
◎t・・+[g00,1/g00]t・r・=0                                        ⇔◎t・・+{A'/A}t・r・=0
①r・・+(g11,1/g11)r・2                                            ⇔①r・・+{B'/2B}r・2
    -[g00,1/2g11]t・2-[g22,1/2g11]θ・2-[g33,1/2g11]φ・2=0             -{A'/2B}t・2/2-{2r/2B}θ・2-{2rsin2θ/2B}φ・2=0
②θ・・+[g22,1/g22]r・θ・-[g33,2/2g22]φ・2=0                        ⇔②θ・・+{2/r}r・θ・-{sinθcosθ}φ・2=0
③φ・・+[g33,1/g33]r・φ・+[g33,2/g33]θ・φ・=0                        ⇔③φ・・+{2/r}r・φ・+{2cosθ/sinθ}θ・φ・=0
        ↓
d2xi/dτ2+{ikL}(dxk/dτ)(dxL/dτ)=0
⇔◎t・・+2{001}t・r・=0
⇔①r・・+{111}r・2+{100}t・2+{122}θ・2+{133}φ・2=0
⇔②θ・・+2{212}r・θ・+{233}φ・2=0
⇔③φ・・+2{313}r・φ・+2{323}θ・φ・=0

===========================================================================

Christoffel記号 {abc}=(gpb,c+gpc,b-gbc,p)/2gap, {aab}={aba}=gaa,b/2gaa, {abb}=-gbb,a/2gaa, {aaa}=gaa,a/2gaa
   | {001}                    | =| g00,1/2g00                                        | =| A'/2A                       |
   | {111} {100} {122} {133}  |  | g11,1/2g11 -g00,1/2g11 -g22,1/2g11 -g33,1/2g11    |  | B'/2B  -A'/2B  -r/B  -rs2θ/B |
   | {221}       {233}        |  | g22,1/2g22             -g33,2/2g22                |  | 1/r            -sθcθ        |
   | {331}       {332}        |  | g33,1/2g33              g33,2/2g33                |  | 1/r             cθ/sθ       |
  =| ν'/2                          | =| a/2r2(1-a/r)                                         |
   | λ'/2  eν-λν'/2 -re-λ -re-λs2θ |  | -a/2r2(1-a/r) a(1-a/r)/2r2 -r(1-a/r) -r(1-a/r)s2θ |
   | 1/r                 -sθcθ     |  | 1/r                        -sθcθ                  |
   | 1/r                  cθ/sθ    |  | 1/r                         cθ/sθ                 |
          ←◎{001}=g00,1/2g00=(A')/(2A)=A'/2A, {111}=g11,1/2g11=B'/2B, {100}=-g00,1/2g11=-(A')/2B=-A'/2B
           , {122}=-g22,1/2g11=-2r/2B=-r/B,                   {133}=-g33,1/2g11=-2rs2θ/2B=-rs2θ/B
          ←②{221}={212}=g22,1/2g22=(2r)/2r2=1/r,               {233}=-g33,2/2g22=-(2r2sθcθ)/2r2=-sθcθ
          ←③{331}={313}=g33,1/2g33=(2rs2θ)/2r2s2θ=1/r, {332}={323}=g33,2/2g33=(2r2sθcθ)/2r2s2θ=cθ/sθ

Christoffel記号の微分          ←{fg}'=f'g+fg', {f/g}'=(f'g-fg')/g2
◎{001},1=∂[A'/2A]/∂r=(A''A-A'A')/2AA
①{122},1=∂[-r/B]/∂r=-[B-rB']/BB=(-B+rB')/BB   , {133},1=∂[-rs2θ/B]/∂r=-[s2θB-rs2θB']/BB=s2θ[-B+rB']/BB
②{233},2=∂{-sθcθ}/∂θ=-c2θ+s2θ
```

==

資料Ⅲ　５Ｄ時空中の４Ｄ定常球対称重力場　　→　Schwarzschild重力場

==

```
４Ｄ超曲面型時空 (x, y, z, w, ct)=(ashχfαsθsφ, ashχfαsθcφ, ashχfαcθ, ashχf'α, achχ)
                              ↓shχ=1
FRW①型時空 ( x, y, z, w )=( afαsθsφ, afαsθcφ, afαcθ, af'α)
                              ↓fα=1
球対称時空 ( x, y, z )=( asθsφ, asθcφ, acθ )

偏微分|dx| =|dx/dr  dx/dθ  dx/dφ| |dr | = | 0  acosθsinφ   asinθcosφ | |dr |
      |dy|  |dy/dr  dy/dθ  dy/dφ| |dθ|    | 0  acosθcosφ  -asinθsinφ | |dθ|
      |dz|  |dz/dr  dz/dθ  dz/dφ| |dφ|    | 0 -asinθ          ・・     | |dφ|

線素 ds2=dx2+dy2+dz2=gikdxidxk=g11dθ2+g22dφ2=gikdxidxk  (m2)
       =(acosθsinφdθ+asinθcosφdφ)2+(acosθcosφdθ-asinθsinφdφ)2+(-asinθdθ)2
       =(acosθsinφdθ)2+(asinθcosφdφ)2+(acosθcosφdθ)2+(asinθsinφdφ)2+(-asinfθdθ)2
       =(acosθdθ)2+(asinθdφ)2+(-asinθdθ)2          ← cos2θ+sin2θ=1
       =[a2]dθ2+[a2sin2θ]dφ2  *
           ↓+[A(r)](cdt)2+[B(r)]dr2
   ds2=[A(r)](cdt)2+[B(r)]dr2+[r2]dθ2+[r2sin2θ]dφ2

□計量 gii=[g00, g11, g22, g33] =[gtt, grr, gθθ, gφφ] =[A(r), B(r), r2, r2sin2θ] ( / ) ---------------
                             →A=-eν(r), B=eλ(r)のとき      [-eν(r), eλ(r), r2, r2sin2θ] 球対称重力場       |
                             →A=-(1-a/r), B=[1/(1-a/r)のとき [-(1-a/r), 1/(1-a/r), r2, r2sin2θ]  Schwarzschild重力場 |
                                                                                                        | ×qi・2/2
計量１階微分 gii,k              ←{xn} '=nx(n-1)                                                            |
=| g00,0  g11,0  g22,0  g33,0 |= |gtt,t  grr,t  gθθ,t  gφφ,t | =| 0    0    0    0      |              |
 | g00,1  g11,1  g22,1  g33,1 |  |gtt,r  grr,r  gθθ,r  gφφ,r |  | A'   B'   2r   2rs2θ  |              |
 | g00,2  g11,2  g22,2  g33,2 |  |gtt,θ  grr,θ  gθθ,θ  gφφ,θ |  | 0    0    0    2r2sθcθ|              |
 | g00,3  g11,3  g22,3  g33,3 |  |gtt,φ  grr,φ  gθθ,φ  gφφ,φ |  | 0    0    0    0      |              |
A'=g00,1=[-eν(r)] '=-eν(r)ν'  , A''=[-eν(r)ν'] '=-eν(r)ν'2-eν(r)ν'', B'=g11,1=[eλ(r)] '=eλ(r)λ'         |
A'=g00,1=[-(1-a/r)]'=[a/r]'=-a/r2, A''=[-a/r2] '=2a/r3           , B'=g11,1=[(1-a/r)-1] '=-(a/r2)/(1-a/r)2 ↓
```

==

```
■Lagrange関数 L=T-U(ct,r,θ,φ)=(gii/2)qi・2=[g00/2]t・2+[g11/2]r・2+[g22/2]θ・2+[g33/2]φ・2
                              =[-A(r)]t・2/2+[B(r)]r・2/2+[r2]θ・2/2+[r2sin2θ]φ・2/2  ----------------------
                                                                    ↓                                   |
(∂L/∂qi・)・=[giiqi・]・     ←---------------------- (∂L/∂qi・)=∂{giiqi・2/2}/∂qi・=giiqi・              |
◎(∂L/∂t・)・=(g00t・)・=(g00)t・・+(g00,1)t・r・  (2)    ◎∂L/∂t・=Pt=∂{g00t・2/2}/∂t・=g00t・=A(r)t・       |
①(∂L/∂r・)・=(g11r・)・=(g11)r・・+(g11,1)r・2 (2)      ①∂L/∂r・=Pr=∂{g11r・2/2}/∂r・=g11r・=B(r)r・       |
②(∂L/∂θ・)・=(g22θ・)・=(g22)θ・・+(g22,1)r・θ・  (2)    ②∂L/∂θ・=Pθ=∂{g22θ・2/2}/∂θ・=g22θ・=r2θ・        |
③(∂L/∂φ・)・=(g33φ・)・=(g33)φ・・+(g33,1)r・φ・+(g33,2)θ・φ・  (3)                                          |
                                                    ③∂L/∂φ・=Pφ=∂{g33φ・2/2}/∂φ・=g33φ・=r2sin2θφ・    |
```

```
==========================================================================
 ↓
Einsteinテンソル →Gmn=Rmn-gmnR/2, =8πTmn
◎G00=R00-g00R/2 =-3a··/a* -(-1)[6a··/a+6(a・/a)2+(2-2f'2-4ff'')/a2f2]/2
                =-3a··/a+[3a··/a+3(a・/a)2+(1-f'2-2ff'')/a2f2] =[3(a・/a)2+(1-f'2-2ff'')/a2f2]
①G11=R11-g11R/2 =[a··a+2a・2-2f''/f]*-(a2)[6a··/a+6(a・/a)2+(2-2f'2-4ff'')/a2f2]/2
                =[a··a+2a・2-2f''/f]-[3a··a+3a・2+(1-f'2-2ff'')/f2]
                =[-2a··a-a・2-2f''/f]+[-(1-f'2-2ff'')/f2] =[-2a··a-a・2]+[-(1-f'2)/f2]=(-2aa··-a・2)-(1-f'2)/f2
②G22=R22-g22R/2 =[(a··a+2a・2)f2+(-ff''+1-f'2)]* -(a2f2)[6a··/a+6(a・/a)2+(2-2f'2-4ff'')/a2f2]/2
                =[(a··a+2a・2)f2+(-ff''+1-f'2)]-[(3a··a+3a・2)f2+(1-f'2-2ff'')]
                =[(a··a+2a・2)f2+(-ff''+1-f'2)]+[(-3a··a-3a・2)f2+(-1+f'2+2ff'')] =[-2f2a··a-f2a・2)+ff'']
③G33=R33-g33R/2 =[(a··a+2a・2)f2+(-ff''+1-f '2)]s2θ* -(a2f2s2θ)[6a··/a+6(a・/a)2+(2-2f'2-4ff'')/a2f2]/2
                =[(a··a+2a・2)f2+(-ff''+1-f'2)]s2θ-[(3a··a+3a・2)f2+(1-f'2-2ff'')]s2θ
                =[(a··a+2a・2)f2+(-ff''+1-f'2)]s2θ+[(-3a··a-3a・2)f2+(-1+f'2+2ff'')]s2θ =[-2f2a··a-f2a・2+ff'']s2θ
↓f=sinrのとき
◎G00=R00-g00R/2 =3(a・/a)2+(1-c2r+2s2)/a2s2r=3(a・/a)2+3/a2]=3[a・2+1]/a2
①G11=R11-g11R/2 =-2aa・-a・2-1          ←1-(cosr)2=(sinr)2
②G22=R22-g22R/2 =(-2aa・-a・2-1)s2r     ←1-(cosr)2=(sinr)2
③G33=R33-g33R/2 =(-2aa・-a・2-1)s2rsin2θ
```

```
===========================================================================

曲率テンソル Rab,mn  ={abn},m-{abm},n+{pbn}{apm}-{pbm}{apn}
                     = |R0101              | =| aa··                                     |
                       |R0202 R1212        |  | aa··f2        -ff''+a・2f2                |
                       |R0303 R1313 R2323| | aa··f2s2θ   (-ff''+a・2f2)s2θ   [1-f'2+a・2f2]/s2θ|
                            ↓×gaa/gbb
                       |R1010              | =|-a··/a                           |
                       |R2020 R2121        |  |-a··/a   -f''/f+a・2             |

                       |R3030 R3131 R3232|  |-a··/a   -f''/f+a・2   1-f'2+a・2f2 |

①R01,01={011},0-{011}{110}   =[a・2+aa··]-[aa・][a・/a]=[aa··]
②R0202={022},0-{022}{220}   =[a・2+aa··]f2-[aa・f2][a・/a]=[aa··]f2
③R0303={033},0-{033}{330}   =[a・2+aa··]f2sin2θ-[aa・f2sin2θ][a・/a]=[aa··]f2sin2θ
④R12,12={122},1+{022}{101}-{122}{221}   =(-f'2-ff'')+{aa・f2}{a・/a}-{-ff'}{f'/f}=-ff''+a・2f2
⑤R13,13={133},1+{033}{101}-{133}{331}   =(-f'2-ff'')s2θ+{aa・f2s2θ}{a・/a}-{-ff's2θ}{f'/f}=(-ff''+a・2f2)s2θ
⑥R23,23={233},2+{033}{202}+{133}{212}-{332}{233}   =-(c2θ-s2θ)+{aa・f2s2θ}{a・/a}+{-ff's2θ}{f'/f}-{cθ/sθ}{-sθcθ}
        |                                           =[-c2θ+s2θ]+a・2f2s2θ-{f'2s2θ}+c2θ=(1-f'2+a・2f2)s2θ *
        ↓×gaa/gbb
①' R10,10=g00(R01,01)/g11   =(-1)[aa··]/a2 =-a··/a
②' R2020=g00(R02,02)/g22   =(-1)[aa··]f2/a2f2 =-a··/a
③' R3030=g00(R03,03)/g33   =(-1)[aa··]f2s2θ/a2f2s2θ =-a··/a
④' R21,21=g11(R12,12)/g22   =a2(-ff''+a・2f2)/a2f2=-f''/f+a・2
⑤' R31,31=g11(R13,13)/g33   =a2(-ff''+a・2f2)s2θ/a2f2s2θ=-f''/f+a・2
⑥' R32,32=g22(R23,23)/g33   =a2f2(1-f'2+a・2f2)s2θ/a2f2s2θ=1-f'2+a・2f2
        ↓
Ricciテンソル Rmn=Rpm,pn=R0m,0n+R1m,1n+R2m,2n+R3m,3n                    →f=sinrのとき f''/f=-1, 1-f'2=f2, -ff''+1-f'2=-f2+f2=0
◎R00=R10,10+R20,20+R30,30=-3a··/a                                                                     →R00=-3a··/a
①R11=R01,01+R21,21+R31,31=(aa··)+(-f''/f+a・2)+(-f''/f+a・2)             =(aa··+2a・2-2f''/f)         →R11=(aa··+2a・2-2)
②R22=R02,02+R12,12+R32,32=(aa··)f2+(-ff''+a・2f2)+(1-f'2+a・2f2)         =(aa··+2a・2)f2+(-ff''+1-f'2)   →R22=(aa··+2a・2)s2θ
③R33=R03,03+R13,13+R23,23=(aa··)f2s2θ+(-ff''+a・2f2)s2θ+(1-f'2+a・2f2)s2θ=[(aa··+2a・2)f2+(-ff''+1-f'2)]s2θ
                                                                                                      →R33=(aa··+2a・2)s4θ
===========================================================================
|◎R00/g00=[-3a··/a]/(-1)                             =3a··/a
|①R11/g11=[aa··+2a・2-2f''/f]/a2                     =[a··/a+2(a・/a)2]-2f''/fa2          =[a··/a+2(a・/a)2]-2ff''/a2f2
|②R22/g22=[(aa··+2a・2)f2+(-ff''+1-f'2)]/a2f2        =(aa··+2a・2)/a2+(-ff''+1-f'2)/a2f2=[a··/a+2(a・/a)2]+(-ff''+1-f'2)/a2f2
↓③R33/g33=[(aa··+2a・2)f2+(-ff''+1-f'2)]s2θ/a2f2s2θ=(aa··+2a・2)/a2+(-ff''+1-f'2)/a2f2  =[a··/a+2(a・/a)2]+(-ff''+1-f'2)/a2f2
スカラー曲率 R=gmnRmn=R00/g00  +R11/g11  +R22/g22  +R33/g33, =-Gmm
                    =[3a··/a] +3[a・・/a+2(a・/a)2]-2ff''/a2f2+2(-ff''+1-f'2)/a2f2
                    =[3a··/a] +3[a··/a+2(a・/a)2]-2ff''/a2f2+(-2ff''+2-2f'2)/a2f2
                    =[6a··/a +6(a・/a)2] +(-4ff''+2-2f'2)/a2f2 *        →a=1のとき  スカラー曲率 R=gmnRmn=2(-2ff''+1-f'2)/a2f2
f=rのとき  R =6[a··/a+(a・/a)2]
f=sinrのとき 1-f'2=f2, ff''=-f2
   → R=6[a··/a+(a・/a)2]+2(-2ff''+1-f'2)/a2f2=6[a··/a+(a・/a)2]+2(-2(-f2)-f2)/a2f2=6[a··/a+(a・/a)2+1/a2]  =6[a··/a+(1+a・2)/a2]
f=sinhrのとき  1-f'2=-f2, ff''=f2
   → R=6[a··/a+(a・/a)2]+2(-2ff''+1-f'2)/a2f2=6[a··/a+(a・/a)2]+2(-2(f2)+f2)/a2f2=6[a··/a+(a・/a)2-1/a2]  ←1-(coshr)2=-(sinhr)2
```

==

■Lagrange関数 L=T-U(ct, r, θ, φ)=(gii/2)qi・2 (m2/s2)=[g00]c2t・2/2+[g11]r・2/2+[g22]θ・2/2+[g33]φ・2/2
=[-1]c2t・2/2+[a2]r・2/2+[a2f(r)2]θ・2/2+[a2f(r)2sin2θ]φ・2/2

(∂L/∂qi・)
◎∂L/∂t・=∂(g00t・2/2)/∂t・=g00t・
①∂L/∂r・=∂(g11r・2/2)/∂r・=g11r・
②∂L/∂θ・=∂(g22θ・2/2)/∂θ・=g22θ・
③∂L/∂φ・=∂(g33φ・2/2)/∂φ・=g33φ・

(∂L/∂qi・)・
◎(∂L/∂t・)・=(g00t・)・=[g00]c2t・・ (1)
①(∂L/∂r・)・=(g11t・)・=[g11]r・・ (1)
②(∂L/∂θ・)・=(g22t・)・=[g22]θ・・+[g22, 1]r・θ・ (2)
③(∂L/∂φ・)・=(g33t・)・=[g33]φ・・+[g33, 1]r・φ・+[g33, 2]θ・φ・ (3)

∂L/∂qi=[gii, k]qi・2/2 (m/s2)
⇔[g00, 0]c2t・2/2+[g11, 0]r・2/2+[g22, 0]θ・2/2+[g33, 0]φ・2/2 (3)
⇔[g00, 1]c2t・2/2+[g11, 1]r・2/2+[g22, 1]θ・2/2+[g33, 1]φ・2/2 (2)
⇔[g00, 2]c2t・2/2+[g11, 2]r・2/2+[g22, 2]θ・2/2+[g33, 2]φ・2/2 (1)
⇔[g00, 3]c2t・2/2+[g11, 3]r・2/2+[g22, 3]θ・2/2+[g33, 3]φ・2/2 (0)

▼Lagrange方程式 (∂L/∂qi・)・-(∂L/∂qi)=0
◎[g00]c2t・・-[g11, 0/2]r・2-[g22, 0/2]θ・2-[g33, 0/2]φ・2=0(1+3)
①[g11]r・・-[g22, 1/2]θ・2-[g33, 1/2]φ・2=0(1+2)
②[g22]θ・・+[g22, 1]r・θ・-[g33, 2/2]φ・2=0(2+1)
③[g33]φ・・+[g33, 1]r・φ・+[g33, 2]θ・φ・=0(3+0)

==

↓÷g00=-1, g11=a(t)2, g22=a(t)2f(r)2, g33=a(t)2f(r)2sin2θ
▲測地線方程式 [(∂L/∂qi・)・-(∂L/∂qi)]/gii=0
◎c2t・・-[g11, 0/2g00]r・2-[g22, 0/2g00]θ・2-[g33, 0/2g00]φ・2=0
①r・・-[g22, 1/2g11]θ・2-[g33, 1/2g11]φ・2=0
②θ・・+[g22, 1/g22]r・θ・-[g33, 2/2g22]φ・2=0
③φ・・+[g33, 1/g33]r・φ・+[g33, 2/g33]θ・φ・=0

⇔◎ c2t・・+[aa・]r・2+[aa・f2]θ・2+[aa・f2sin2θ]φ・2=0
⇔① r・・-{ff'}θ・2-{ff'sin2θ}φ・2=0
⇔②θ・・+{2f'/f}r・θ・-{sinθcosθ}φ・2=0
⇔③φ・・+{2f'/f}r・φ・+{2cosθ/sinθ}θ・φ・=0

↓
▲測地線方程式 d2xi/dλ2+{ikL}(dxk/dλ)(dxL/dλ)=0
⇔◎c2t・・+{011}r・2+{022}θ・2+{033}φ・2=0
⇔①r・・+{122}θ・2+{133}φ・2=0
⇔②θ・・+2{212}r・θ・+{233}φ・2=0
⇔③φ・・+2{313}r・φ・+2{323}θ・φ・=0

==

Christoffel記号 {abc}=(gpb, c+gpc, b-gbc, p)/2gap, {abb}=-gbb, a/2gaa, {aab}={aba}=gaa, b/2gaa

{011}		{022}	{033}	=	-g11, 0/2g00		-g22, 0/2g00	-g33, 0/2g00	=	aa・		aa・f2	aa・f2s2θ
{110}	{111}	{122}	{133}		g11, 0/2g11	g11, 1/2g11	-g22, 1/2g11	-g33, 1/2g11		a・/a	0	-ff'	-ff's2θ
{220}	{221}		{233}		g22, 0/2g22	g22, 1/2g22		-g33, 2/2g22		a・/a	f'/f		-sθcθ
{330}	{331}	{332}			g33, 0/2g33	g33, 1/2g33	g33, 2/2g33			a・/a	f'/r	cθ/sθ	

←◎{011}=-g11, 0/2g00=aa・, {022}=-g22, 0/2g00=aa・f2, {033}=-g33, 0/2g00=aa・f2sin2θ
←①{110}=g11, 0/2g11=a・/a, {122}=-g22, 1/2g11=-f(r)f'(r), {133}=-g33, 1/2g11=-f(r)f'(r)sin2θ
←②{220}=g22, 0/2g22=a・/a, {212}=g22, 1/2g22=f'(r)/f(r), {233}=-g33, 2/2g22=-sinθcosθ
←③{330}=g33, 0/2g33=a・/a, {313}=g33, 1/2g33=f'(r)/f(r), {323}=g33, 2/2g33=cosθ/sinθ

↓
Christoffel記号の微分 {fg}'=f'g+fg', {f/g}'=(f'g-fg')/g2
◎{011}, 0=[a・2+aa・・], {022}, 0=[a・2+aa・・]f2, {033}, 0=[a・2+aa・・]f2sin2θ
①{122}, 1=∂{-f(r)f'(r)}/∂r=-[f'(r)2+f(r)f''(r)], {133}, 1=∂{-f(r)f'(r)sin2θ}/∂r=-[f'(r)2+f(r)f''(r)]sin2θ
②{233}, 2=∂{-sinθcosθ}/∂θ=-(cos2θ-sin2θ)

==

資料Ⅱ　５Ｄ時空中の４Ｄフリードマン時空　（ＦＲＷ時空①）

==

```
４Ｄ超曲面型時空 (x, y, z, w, ct)=( ashχf(α)sθsφ, ashχf(α)sθcφ, ashχf(α)cθ, ashχf '(α), achχ )
                              ↓shχ=1
FRW①型時空 (x, y, z, w)=( af(α)sθsφ, af(α)sθcφ, af(α)cθ, af '(α))

偏微分 |dx|=|xr xα xθ xφ| |dr |  =| 0  af'(α)sθsφ  af(α)cθsφ  af(α)sθcφ| |dr |
       |dy| |yr yα yθ yφ| |dα|   | 0  af'(α)sθcφ  af(α)cθcφ -af(α)sθsφ| |dα|
       |dz| |zr zα zθ zφ| |dθ|   | 0  af'(α)sθ   -af(α)sθ        0    | |dθ|
       |dw| |wr wα wθ wφ| |dφ|   | 0  af''(α)         0          0    | |dφ|

線素 ds2=dx2+dy2+dz2+dw2=gikdxidxk  (m2)
=(af'αsθsφdα+afαcθsφdθ+afαsθcφdφ)2+(af'αsθcφdα+afαcθcφdθ-afαsθsφdφ)2
                                        +(af'αcθdα-afαsθdθ)2+(af''αdα)2
=(af'αsθsφdα)2+(afαcθsφdθ)2+(afαsθcφdφ)2
                              +(af'αsθcφdα)2+(afαcθcφdθ)2+(afαsθsφdφ)2+(af'αcθdα)2+(afαsθdθ)2+(af''αdα)2
=(af'αsθdα)2+(afαcθdθ)2+(afαsθdφ)2+(af'αcθdα)2+(afαsθdθ)2+(af''αdα)2
=(af'αdα)2+(afαdθ)2+(afαsθdφ)2+(af'αdα)2
=[a2]dα2+[a2fα2]dθ2+[a2fα2sin2θ]dφ2 ←(f'α)2+(f''α)2=1
                      ↓ctを加える, α→r
=[-1]c2dt2+[a2]dr2+[a2fα2]dθ2+[a2fα2sin2θ]dφ2

□計量 gii=[g00,g11,g22,g33]=[gtt, grr, gθθ, gφφ]=[-1, a(t)2, a(t)2f(r)2, a(t)2f(r)2sin2θ] ( / )----------
                                   →f=r  のとき超平面 [-1, a2, a2r2, a2r2sin2θ]                          |
                                  →f=sinrのとき超球面 [-1, a2, a2sin2r, a2sin2rsin2θ]                    |
                               →f=sinhrのとき超双曲面 [-1, a2, a2sinh2r, a2sinh2rsin2θ]                  |
                                                                                                         | ×qi・2/2
計量１階微分 gii,k                                                                                       |
=|g00,0  g11,0  g22,0  g33,0 | =|gtt,t  grr,t    gθθ,t  gφφ,t  |=| 0  2aa・  aa・f(r)2      2aa・f(r)2sin2θ     |  |
 |g00,1  g11,1  g22,1  g33,1 |  |gtt,r  grr,r    gθθ,r  gφφ,r  |  | 0   0    2a2f(r)f'(r)  2a2f(r)f'(r)sin2θ   |  |
 |g00,2  g11,2  g22,2  g33,2 |  |gtt,θ  grr,θ    gθθ,θ  gφφ,θ  |  | 0   0     0            2a2f(r)2sinθcosθ    |  |
 |g00,3  g11,3  g22,3  g33,3 |  |gtt,φ  grr,φ    gθθ,φ  gφφ,φ  |  | 0   0     0             0                  |  ↓
```

==
|R00/g00=[-3]/[-a2] =[3sh2χf2]/a2sh2χf2 →R00/g00=[-3]/[-a2] =3/a2
|R11/g11=[3sh2χ-2-2f''/f]/a2sh2χ =[3sh2χf2-2f2-2f''f]/a2sh2χf2 →R11/g11=[3sh2χ]/a2sh2χ =3/a2
|R22/g22=[(3sh2χ-2)f2+(1-ff''-f'2)]/a2sh2χf2 =[(3sh2χ-2)f2+(1-ff''-f'2)]/a2sh2χf2 →R22/g22=[3sh2χs2r]/a2sh2χs2r =3/a2
↓R33/g33=[(3sh2χ-2)f2+(1-ff''-f'2)]s2θ/a2sh2χf2s2θ=[(3sh2χ-2)f2+(1-ff''-f'2)]/a2sh2χf2
→R33/g33=[3sh2χs2rs2θ]/a2sh2χs2rs2θ=3/a2

スカラー曲率 R=gmnRmn=R00/g00 +R11/g11 +R22/g22 +R33/g33
=[3sh2χf2]/a2sh2χf2 +[3sh2χf2-2f2-2f''f]/a2sh2χf2 +2[(3sh2χ-2)f2+(1-ff''-f'2)]/a2sh2χf2
=[3sh2χf2+(3sh2χf2-2f2-2f''f)+(6sh2χ-4)f2+2(1-ff''-f'2)]/a2sh2χf2
=[(12sh2χf2-6f2-2f''f)+(2-2ff''-2f'2)]/a2sh2χf2=[12sh2χf2-6f2-4ff''+2-2f'2]/a2sh2χf2 **(5)
→f=rのときf'=1,f''=0 R=[12sh2χr2-6r2+2-2]/a2sh2χr2 =[12sh2χr2-6r2]/a2sh2χr2 =[12sh2χ-6]/a2sh2χ
→f=sinrのときf'=cosr,f''=-sinr R=[12sh2χs2r-6s2r+4s2r+2-2c2r]/a2sh2χs2r =[12sh2χs2r-2+2]/a2sh2χs2r=12/a2 ← s2r+c2r=1
→f=sinhrのときf'=coshr,f''=sinhr R=[12sh2χsh2r-6sh2r-4sh2r+2-2ch2r]/a2sh2χsh2r=[12sh2χsh2r-8sh2r+4]/a2sh2χsh2r←sh2r-ch2r=1

==
↓
Einsteinテンソル →Gmn=Rmn-gmnR/2,
◎G00=R00-g00R/2 =[-3]* -[-a2][12sh2χf2-6f2-4ff''+2-2f'2]/2a2sh2χf2
=[-3]+[6sh2χf2-3f2-2ff''+1-f'2]/sh2χf2=[3sh2χf2-3f2-2ff''+1-f'2]/sh2χf2 ***
→f=sinrのとき G00=[3sh2χs2r-3s2r-2s2r+1-c2r]/sh2χs2r=[3sh2χs2r]/sh2χs2r=3
①G11=R11-g11R/2 =[(3sh2χ-2)-2f''/f]* -[a2sh2χ][12sh2χf2-6f2-4ff''+2-2f'2]/2a2sh2χf2
=[(3sh2χ-2)f2-2f''f]/f2-[6sh2χf2-3f2-2ff''+1-f'2]/f2 =[3sh2χf2-2f2-2f''f]/f2+[-6sh2χf2+3f2+2ff''-1+f'2]/f2
=[-3sh2χf2+f2-1+f'2]/f2 ***
→f=sinrのとき G11=[-3sh2χs2r+s2r-1+c2r]/s2r=-3sh2χ ←1-c2r=s2r,s2r+c2r=1

②G22=R22-g22R/2 =[(3sh2χ-2)f2+(1-ff''-f'2)]* -[a2sh2χf2][12sh2χf2-6f2-4ff''+2-2f'2]/2a2sh2χf2
=[(3sh2χ-2)f2+(1-ff''-f'2)]-[6sh2χf2-3f2-2ff''+1-f'2]
=[(3sh2χ-2)f2+(1-ff''-f'2)]+[-6sh2χf2+3f2+2ff''-1+f'2]=(-3sh2χ)f2+f2+ff'' ***
→f=sinrのとき G22=[-3sh2χsin2r+s2r-s2r] =-3sh2χs2r
③G33=R33-g33R/2=[(3sh2χ-2)f2+(1-ff''-f'2)]s2θ* -[a2sh2χf2s2θ][12sh2χf2-6f2+-4ff''2-2f'2]/2a2sh2χf2
=[(3sh2χ-2)f2+(1-ff''-f'2)]s2θ-[6sh2χf2-3f2-2ff''+1-f'2]s2θ
=[(3sh2χ-2)f2+(1-ff''-f'2)]s2θ+[-6sh2χf2+3f2+2ff''-1+f'2]s2θ=[(-3sh2χ)f2+f2+ff'']s2θ ***
→f=sinrのとき G33=[-3sh2χsin2r+s2r-s2r]s2θ=-3sh2χs2rs2θ

==

曲率テンソル Rab, mn
={abn}, m-{abm}, n+{pbn}{apm}-{pbn}{apn}

=|R0101 | =|sh2χ |
|R0202 R1212 | |sh2χf2 -ff''+ch2χf2 |
|R0303 R1313 R2323| |sh2χf2s2θ [-ff''+ch2χf2]s2θ [1+ch2χf2-f'2]s2θ|

↓×gaa/gbb

|R1010 | =|-1 |
|R2020 R2121 | |-1 -f''/f+ch2χ |
|R3030 R3131 R3232| |-1 -f''/f+ch2χ 1+ch2χf2-f'2|

R01, 01={011}, 0-{011}{110} =[sh2χ+ch2χ]-[shχchχ][chχ/shχ]=sh2χ
R02, 02={022}, 0-{022}{220} =[(sh2χ+ch2χ)f2]-[shχchχf2][chχ/shχ]=sh2χf2
R03, 03={033}, 0-{033}{330} =[(sh2χ+ch2χ)f2s2θ]-[shχchχf2s2θ][chχ/shχ]=sh2χf2s2θ
R12, 12={122}, 1+{022}{101}-{122}{221}=[-f'2-ff'']+[shχchχf2][chχ/shχ]-[-ff'][f'/f]=[-f'2-ff'']+[ch2χf2]-[-f'2]=-ff''+ch2χf2
R13, 13={133}, 1+{033}{101}-{133}{331}=[(-f'2-ff'')s2θ]+[shχchχf2s2θ][chχ/shχ]-[-ff's2θ][f'/f]=[-ff''+ch2χf2]s2θ
R23, 23={233}, 2+{033}{202}+{133}{212}-{332}{233}=[-cθcθ+sθsθ]+[shχchχf2s2θ][chχ/shχ]+[-ff's2θ][f'/f]-[cθ/sθ][-sθcθ]
=[-c2θ+s2θ]+[ch2χf2s2θ]+[-f'2s2θ]-[-c2θ] =[s2θ]+[ch2χf2s2θ]+[-f'2s2θ] =[1+ch2χf2-f'2]s2θ

↓×gaa/gbb

①' R10, 10=g00(R01, 01)/g11=[-a2][sh2χ]/a2sh2χ=-1
②' R2020=g00(R02, 02)/g22=[-a2][sh2χf2]/a2sh2χf2=-1
③' R3030=g00(R03, 03)/g33=[-a2][sh2χf2s2θ]/a2sh2χf2s2θ=-1
④' R21, 21=g11(R12, 12)/g22=[a2sh2χ][-ff''+ch2χf2]/[a2sh2χf2]=-f''/f+ch2χ
⑤' R31, 31=g11(R13, 13)/g33=[a2sh2χ][-ff''+ch2χf2]s2θ/[a2sh2χf2s2θ]=-f''/f+ch2χ
⑥' R32, 32=g22(R23, 23)/g33=[a2sh2χf2][(1+ch2χf2-f'2)]s2θ/[a2sh2χf2s2θ]=1+ch2χf2-f'2

↓

Ricciテンソル Rmn=Rpm, pn=R0m, 0n+R1m, 1n+R2m, 2n+R3m, 3n ←ch2r=sh2r-1 ←sh2r-ch2r=1
◎R00=R10, 10+R20, 20+R30, 30=[-1]+[-1]+[-1] =-3 *
①R11=R01, 01+R21, 21+R31, 31=[sh2χ]+2[-f''/f+ch2χ]=[sh2χ+2ch2χ-2f''/f] =[3sh2χ-2-2f''/f]*
②R22=R02, 02+R12, 12+R32, 32=[sh2χf2]+[-ff''+ch2χf2]+[1+ch2χf2-f'2]=[sh2χf2+2ch2χf2-ff''+1-f'2] =[(3sh2χ-2)f2+(1-ff''-f'2)]*
③R33=R03, 03+R13, 13+R23, 23=[sh2χf2s2θ]+[(-ff''+ch2χf2)s2θ]+[(1+ch2χf2-f'2)s2θ] =[(3sh2χ-2)f2+(1-ff''-f'2)]s2θ*
f=sinr のとき→◎R00=-3, ①R11=3sh2χ, ②R22=[3sh2χ]s2r, ③R33=[3sh2χ]s2rs2θ ←1-ff''-f'2=2s2r, f''/f=-1

[g11]α··+[g11,0]χ・α・-[g22,1/2]θ・2-[g33,1/2]φ・2=0(2+2)　⇔[g00,1]χ・2/2+[g11,1]α・2/2+[g22,1]θ・2/2+[g33,1]φ・2/2(2)
[g22]θ··+[g22,0]χ・θ・+[g22,1]α・θ・-[g33,2/2]φ・2=0(3+1)　⇔[g00,2]χ・2/2+[g11,2]α・2/2+[g22,2]θ・2/2+[g33,2]φ・2/2(1)
[g33]φ··+[g33,0]χ・φ・+[g33,1]α・φ・+[g33,2]θ・φ・=0(4+0)⇔[g00,3]χ・2/2+[g11,3]α・2/2+[g22,3]θ・2/2+[g33,3]φ・2/2(0)

==

↓÷g00=-a2, g11=a2sh2χ, g22=a2sh2χfα2, g33=a2sh2χfα2sin2θ

▲測地線方程式 [(∂L/∂qi・)・-(∂L/∂qi)]/gii=0

χ··-[g11,0/2g00]α・2-[g22,0/2g00]θ・2-[g33,0/2g00]φ・2=0　⇔χ··+[shχchχ]α・2+[shχchχf2]θ・2+[shχchχf2s2θ]φ・2=0
α··+[g11,0/g11]χ・α・-[g22,1/2g11]θ・2-[g33,1/2g11]φ・2=0　⇔α··+[2chχ/shχ]χ・α・-[ff']θ・2-[ff's2θ]φ・2=0
θ··+[g22,0/g22]χ・θ・+[g22,1/g22]α・θ・-[g33,2/2g22]φ・2=0　⇔θ··+[2chχ/shχ]χ・θ・+[2f'/f]α・θ・-[sθcθ]φ・2=0
φ··+[g33,0/g33]χ・φ・+[g33,1/g33]α・φ・+[g33,2/g33]θ・φ・=0⇔φ··+[2chχ/shχ]χ・φ・+[2f'/f]α・φ・+[2cθ/sθ]θ・φ・=0

▲測地線方程式 d2xi/dλ2+{ikL}(dxk/dλ)(dxL/dλ)=0

⇔χ··+{011}α・2+{022}θ・2+{033}φ・2=0
⇔α··+2{101}χ・α・+{122}θ・2+{133}φ・2=0
⇔θ··++2{202}χ・θ・+2{212}α・θ・+{233}φ・2=0
⇔φ··+2{303}χ・φ・+2{313}α・φ・+2{323}θ・φ・=0

==

Christoffel記号 {abc}=(gpb,c+gpc,b-gbc,p)/2gap, {aab}={aba}=gaa,b/2gaa, {abb}=-gbb,a/2gaa, {aaa}=gaa,a/2gaa

```
|{011}         {022}   {033}| =|-g11,0/2g00               -g22,0/2g00  -g33,0/2g00 | =| shχchχ           shχchχf2  shχchχf2s2θ|
|{110}  {111}  {122}   {133}|  | g11,0/2g11  g11,1/2g11  -g22,1/2g11  -g33,1/2g11 |  | chχ/shχ   0      -ff'        -ff's2θ    |
|{220}  {221}          {233}|  | g22,0/2g22  g22,1/2g22               -g33,2/2g22 |  | chχ/shχ   f'/f                -sθcθ     |
|{330}  {331}  {332}        |  | g33,0/2g33  g33,1/2g33   g33,2/2g33             |  | chχ/shχ   f'/r   cθ/sθ                  |
```

←◎{011}=-g11,0/2g00=shχchχ　, {022}=-g22,0/2g00=shχchχf2, {033}=-g33,0/2g00=shχchχf2s2θ
←①{110}=g11,0/2g11=2a2shχchχ/2a2sh2χ=chχ/shχ　, {122}=-g22,1/2g11=-ff'　, {133}=-g33,1/2g11=-ff'sin2θ
←②{220}=g22,0/2g22=2a2shχchχf2/2a2sh2χf2=chχ/shχ　, {212}=g22,1/2g22=f'/f　, {233}=-g33,2/2g22=-sinθcosθ
←③{330}=g33,0/2g33=2a2shχchχf2s2θ/2a2sh2χf2s2θ=chχ/shχ, {313}=g33,1/2g33=f'/f　, {323}=g33,2/2g33=cosθ/sinθ

Christoffel記号の微分　　← {fg}'=f'g+fg', {f/g}'=(f'g-fg')/g2

{011},0=[shχchχ],χ=sh2χ+ch2χ, {022},0=[shχchχfα2],χ=(sh2χ+ch2χ)fα2,
{033},0=[shχchχfα2s2θ],χ=(sh2χ+ch2χ)fα2s2θ

{122},1=[-fαf'α],α=-f'α2-fαf''α, {133},1=[-fαf'αsin2θ],α=[-f'α2-fαf''α]sin2θ
{233},2=[-sinθcosθ],θ=-(cosθcosθ-sinθsinθ)=-cosθcosθ+sinθsinθ

```
==========================================================================
資料Ｉ　５Ｄ時空中の４Ｄ超曲面型時空　　　(→de Sitter時空)
==========================================================================

直交座標→極座標
(x, y, z, w, ct)=(ashχfαsθsφ, ashχfαsθcφ, ashχfαcθ, ashχf'α, achχ)  (a=ρa=一定)
fα=sinαのとき超球面      (ashχsαsθsφ, ashχsαsθcφ, ashχsαcθ, ashχcα, achχ)
fα=αのとき超平面         (ashχ αsθsφ, ashχ αsθcφ, ashχ αcθ, ashχ, achχ)
fα=sinhαのとき超双曲面   (ashχshαsθsφ, ashχshαsθcφ, ashχshαcθ, ashχchα, achχ)

偏微分
|dx| =|xr   xχ   xα   xθ   xφ| |dr | =| 0 achχfαsθsφ  ashχf'αsθsφ  ashχfαcθsφ   ashχfαsθcφ| |dr |
|dy|  |yr   yχ   yα   yθ   yφ| |dχ|   | 0 achχfαsθcφ  ashχf'αsθcφ  ashχfαcθcφ  -ashχfαsθsφ| |dχ|
|dz|  |zr   zχ   zα   zθ   zφ| |dα|   | 0 achχfαcθ    ashχf'αsθ   -ashχfαsθ          0      | |dα|
|dw|  |wr   wχ   wα   wθ   wφ| |dθ|   | 0 achχf'α     ashχf''α          0               0      | |dθ|
|cdt| |ctr ctχ  ctα  ctθ  ctφ| |dφ|   | 0 ashχ            0              0               0      | |dφ|

線素 ds2=dx2+dy2+dz2+dw2-(cdt)2
=gikdxidxk=g00dχ2+g11dα2+g22dθ2+g33dφ2 (m2)  →fα=sinαと仮定する
=-[a2]dχ2+[a2sh2χ]dα2+[a2sh2χfα2]dθ2+[a2sh2χfα2s2θ]dφ2

□計量 gii=[g00,g11,g22,g33]=[gχχ, gαα, gθθ, gφφ]    =[-a2, a2sh2χ, a2sh2χfα2, a2sh2χfα2s2θ] ( / )
→f=αのとき    超平面[-a2, a2sh2χ, a2sh2χ α2, a2sh2χ α2s2θ]
→f=sαのとき   超球面[-a2, a2sh2χ, a2sh2χs2α, a2sh2χs2αs2θ]→[-1, a2sh2χ, a2sh2χs2α, a2sh2χs2αs2θ]のときde Sitter時空
→f=shαのとき 超双曲面[-a2, a2sh2χ, a2sh2χsh2α, a2sh2χsh2αs2θ]

計量１階微分
    gii,k=|g00,0 g11,0 g22,0 g33,0|=|gχχ,χ gαα,χ gθθ,χ gφφ,χ|=| 0  2a2shχchχ  2a2shχchχfα2  2a2shχchχfα2s2θ|
          |g00,1 g11,1 g22,1 g33,1| |gχχ,α gαα,α gθθ,α gφφ,α| | 0      0      2a2sh2χfαf'α  2a2sh2χfαf'αs2θ|
          |g00,2 g11,2 g22,2 g33,2| |gχχ,θ gαα,θ gθθ,θ gφφ,θ| | 0      0          0         2a2sh2χfα2sθcθ |
          |g00,3 g11,3 g22,3 g33,3| |gχχ,φ gαα,φ gθθ,φ gφφ,φ| | 0      0          0              0         |
==========================================================================

■Lagrange関数 L=T-U(χ, α, θ, φ)=(gii/2)qi・2 (m2/s2)=[g00]χ・2/2+[g11]α・2/2+[g22]θ・2/2+[g33]φ・2/2
                    =[-a2]χ・2/2+[a2sh2χ]α・2/2+[a2sh2χfα2]θ・2/2+[a2sh2χfα2s2θ]φ・2/2------------------
                                                                             ↓                    |
(∂L/∂qi・)・                                 ←-----------            (∂L/∂qi・)                  |
◎(∂L/∂χ・)・=[g00]χ・・(1)                                           ◎∂L/∂χ・=∂(g00χ・2/2)/∂χ・=g00χ・ |
①(∂L/∂α・)・=[g11]α・・+[g11,0]χ・α・(2)                             ①∂L/∂α・=∂(g11α・2/2)/∂α・=g11α・ |
②(∂L/∂θ・)・=[g22]θ・・+[g22,0]χ・θ・+[g22,1]α・θ・(3)               ②∂L/∂θ・=∂(g22θ・2/2)/∂θ・=g22θ・ |
③(∂L/∂φ・)・=[g33]φ・・+[g33,0]χ・φ・+[g33,1]α・φ・+[g33,2]θ・φ・(4)  ③∂L/∂φ・=∂(g33φ・2/2)/∂φ・=g33φ・ |
          ↓                                                                                        |
▼Lagrange方程式 (∂L/∂qi・)・-(∂L/∂qi)=0                    ←------∂L/∂qi=[gii,k]qi・2/2 (m/s2) ←------
[g00]χ・・-[g11,0/2]α・2-[g22,0/2]θ・2-[g33,0/2]φ・2=0(1+3)   ⇔[g00,0]χ・2/2+[g11,0]α・2/2+[g22,0]θ・2/2+[g33,0]φ・2/2(3)
```

島石　浩司（しまいし　こうじ）
同志社大学文学部卒
1995年より沖縄県在住
執筆業　予備校講師
理系教育ネット代表
ホームページ「物理化学まとめ」「相対論数学ノート」公開中
http://butsurikoushin.web.fc2.com/

遠き島の時空

2020年6月23日　初版第一刷

著　者　　島石　浩司
発行者　　池宮　紀子
発行所　（有）ボーダーインク
〒902-0076 沖縄県那覇市与儀 226-3
tel098-835-2777　fax098-835-2840
印　刷　　でいご印刷

 ISBN978-4-89982-387-2 C0095